Willi Darr

Ein Mord auf unserer Piazza Carli

*Commissario Gino ermittelt in seinem
ersten Fall zwischen handwerklicher
Tradition und digitaler Zukunft*

D1722644

Willi Darr

Ein Mord auf unserer Piazza Carli

*Commissario Gino ermittelt in seinem
ersten Fall zwischen handwerklicher
Tradition und digitaler Zukunft*

* * *

Kriminalroman

mit 9 Bildern

tredition Verlag
Hamburg

Hardcover ISBN 978-3-7469-3870-7

Paperback ISBN 978-3-7469-3869-1

e-Book   ISBN 978-3-7469-3871-4

Bibliografische Information der Deutschen Nationalbibliothek

Die Deutsche Nationalbibliothek verzeichnet diese Publikation in der Deutschen National-bibliografie; detaillierte bibliografische Daten sind im Internet über http://dnb.dnb.de abrufbar.

© 2018 Willi Darr

Herstellung und Verlag
tredition GmbH, Hamburg

Für meine Familie

Einige Hinweise für die Leser

Es werden Ihnen in diesem Kriminalroman drei miteinander verwobene Geschichten erzählt. Die erste ist der unverzichtbare Bestandteil eines jeden Krimis: ein Mord und seine Aufklärung. Zwei weitere Handlungen bilden den Hintergrund und den Nährboden für die kriminalistische Geschichte. Sie lassen sich mit „Digitalisierung" und „gesellschaftliche Nachhaltigkeit" betiteln. Die Einzelheiten und Zusammenhänge hierzu erfahren Sie beim Lesen.

Alle Handlungen und alle auftretenden Personen in diesem Buch sind frei erfunden. Ähnlichkeiten mit lebenden Personen, Unternehmen, Vereinigungen oder Geschichten sind nicht beabsichtigt und sind rein zufällig entstanden.

Im Anschluss an einzelne Abschnitte sind neun selbst „geschossene" und selbst bearbeitete Bilder des Autors eingefügt worden. Sie stellen als Bildaussagen Zusammenhänge zum Ablauf der Ermittlungen und den auftretenden (erfundenen) Charakteren her. Sie können und sollen zum *Nach*-Denken anregen.

Ich wünsche Ihnen nun viel Spaß beim Lesen.

Willi Darr

Inhalt

VIII

(1) Ein früher Morgen in der Stadt

Capitano Alberto hat eine sehr kurze Nacht verlebt. Seine Ehefrau Carla bekam plötzlich hohes Fieber und konnte deshalb nur sehr schlecht schlafen. So beginnt der Morgen für ihn schon kurz vor dem Sonnenaufgang. Er ist jetzt glücklich, dass seine Frau nun endlich zur Ruhe gekommen ist und er beschließt, kurz einen Sprung in seine Lieblingsbar zu machen, obwohl es noch sehr früh am Sonntagmorgen ist. Er weiß, dass im *Casa del Dolce* sein Freund Lucio die mit Abstand besten Brioches der Stadt und dazu einen vorzüglichen Cappuccino serviert. Es sind nur wenige Schritte bis dorthin. Nichts ist zu hören und Asiago liegt noch sehr tief im Schlaf. Capitano Alberto ist sich irgendwie sicher, dass alle anderen in der Stadt gesund sein müssen und deshalb gut schlafen können. Die Parkplätze sind leer und eine Totenstille verhüllt die ganze Stadt. In der Ferne kann er schon das schwache Licht im *Casa del Dolce* sehen. Dieses köstliche Frühstück ist einer seiner schönsten Momente am Tag. Doch ein ganz leiser dumpfer Schlag unterbricht für einen kurzen Moment diese morgendliche Stille. Anscheinend geht es auch anderen so wie ihm, denkt er für eine kleine Sekunde. Nun, das warme Gefühl der Vorfreude nach einer solchen Nacht beflügelt ihn, schnell den schönen und kleinen Kirchenvorplatz, die Piazzetta, zu überqueren, die Tür zur Bar zu öffnen und Lucio freudig zu begrüßen.

„Ciao Lucio, wie geht's? Ich muss dich, glaube ich, nicht fragen, wie du die Nacht verbracht hast, oder?", beginnt Capitano Alberto das Gespräch mit seinem Freund. „Ich freue mich ganz besonders heute, für einen Moment hier zu sein."

„Es ist alles eine Frage der Gewohnheit", antwortet er. „Du weißt, dass wir eigentlich nie eine ruhige Nacht haben. Und was ist mit dir? Wie hast du die Nacht verbracht?", fragt er interessiert zurück.

„Carla war heute nicht gut drauf. Der Magen, ein bisschen Fieber, eine unruhige Nacht. Du kannst dir das sicherlich vorstellen, oder? Doch nun ist sie eingeschlafen und ich nutze die einmalige Gelegenheit, schnell einen Sprung zu dir zu machen. Gib mir heute deine besten Brioches und den besten Cappuccino, den du je gemacht hast. Ich will nicht sagen, dass ich es mir verdient habe. Aber es wird mir guttun. Schau Lucio, um die Uhrzeit ist noch alles leer: die Stadt, die Plätze, die Straßen, die Gedanken und auch der Magen."

Lucio muss ein bisschen lachen und gibt ihm natürlich recht. Schnell nimmt er einen kleinen

weißen Teller und legt gekonnt eine Papier-
serviette darauf. Mit einer Zange holt er zwei
frische Brioches aus seinem Korb und schiebt sie
Capitano Alberto hinüber.

„Dein Cappuccino kommt sofort. Ich hoffe,
ich kann deinen Wunsch nach meinen besten
Brioches auch heute erfüllen."

Wie einen kurzen Urlaub genießt Capitano
Alberto diesen morgendlichen Moment. Alle Gedanken der Nacht und die Müdigkeit lösen sich in
Wohlgefallen auf. Eine mentale Wärme erfüllt
ihn. Es geht ihm nun sichtlich besser.

„Das hat gutgetan. Du hast mir ein Stück vom
heutigen Morgen gerettet. Ich gehe nun kurz bei
der Kirche vorbei und schaue dann nach meiner
Frau. Gib mir bitte noch zwei Brioches für sie
mit, damit auch sie ein Stück am morgendlichen
Glück teilhaben kann."

„Das mache ich gerne", freut sich Lucio und
gibt ihm eine kleine Tüte.

Capitano Alberto bezahlt, bedankt sich für den
schönen Start in den sonntäglichen Morgen und
geht in Richtung Kirche. Auch jetzt sieht er
immer noch keinen Menschen auf der Straße. Er
denkt an den dumpfen Knall und ist sich sicher,
dass er zumindest in diesem Moment nicht alleine
war. Doch all die Schaufenster und die Auslagen

warten noch auf die ersten Kunden. Und ohne Licht, ohne Verkäuferinnen, ohne Verkäufer und ohne schlendernde interessierte Passanten ist es wie eine tote Gasse. Er geht links herum über einen kleinen Vorplatz am Zeitschriftenkiosk und am Bürgeramt vorbei. Am Sonntagmorgen um diese Zeit möchte irgendwie kein Mensch auf der Straße sein. Er kommt an der Piazza Carli vor der großen Kirche an und sieht eine männliche Person auf der Parkbank sitzen. Das kann doch nicht wahr sein, denkt sich Capitano Alberto. Er hat es doch gewusst, dass er nicht alleine war. Mit einem Lächeln auf dem Gesicht geht er mit frischen Schritten auf die Parkbank zu und freut sich schon auf das zweite sonntägliche Gespräch. Noch ein paar Momente und er überlegt sich schon, wie er den Plausch beginnen möchte. Sein möglicher Gesprächspartner ist hingegen noch sehr verhalten und hat sich noch nicht einmal bewegt. In eine Decke eingehüllt sitzt er bequem angelehnt auf der Parkbank. Die Stadtverwaltung hatte im letzten Jahr neue Bänke mit einem extra hohen Rückenteil aufbauen lassen, sodass ein bequemes Sitzen jederzeit möglich ist.

„Guten Morgen! Wie geht es ihnen? Auch schon so früh auf?", beginnt Capitano Alberto das Gespräch.

Doch sein Gesprächspartner bleibt sichtlich unberührt sitzen. Er setzt sich neben ihn und in diesem Moment fährt ein Blitz durch seinen Körper: Der Mann ist leblos, die Augen schauen ins Leere, die Haut ist fahl und als er die Decke aufschlägt sieht er, dass sein Gesprächspartner blutüberströmt ist. Er ist tot.

„Oh, mein Gott!", fährt es aus ihm heraus. „Ich kann es nicht glauben. Ein Mord auf unserer Piazza Carli."

Er will die Polizei anrufen, doch er hat sein Handy zu Hause gelassen. Für ein paar Schritte in seine Lieblingsbar und für die Ruhe seiner schlafenden Frau braucht man kein Handy. Weit und breit sieht er keinen Menschen. Da bleibt nur der Weg in die nächste Polizeistation. Er rennt über den Platz und huscht dann über eine kleine Stichstraße hinauf zur städtischen Polizeistation. Er hatte erst überlegt zu den Carabinieri zu rennen, doch der Weg schien ihm zu weit. Er klingelt an der verschlossenen Eingangstür und als nach ein paar Sekunden noch niemand öffnet, klingelt er stürmisch weiter. Michele hatte die Nacht über Dienst und dies sieht man ihm auch an. Er sieht ein bisschen verschlafen aus. Klar, denn es ist noch sehr früh am Sonntagmorgen.

„Michele, komm schnell. Ein Toter auf der Piazza!", schreit er den Polizisten direkt an.

„Komm mit und ruf die Spurensicherung. Ich denke, es wird ein unruhiger und arbeitsreicher Sonntagmorgen."

„Nun mal ganz langsam, Capitano Alberto. Was ist passiert?", fragt der etwas irritierte Michele zurück. Er nennt Alberto noch aus Gewohnheit mit seinem Titel ‚Capitano', obwohl er schon ein paar Monate in Pension ist.

„Soll ich's noch einmal wiederholen? Ein Toter auf unserer Piazza Carli!"

„Ich komme sofort!", bricht es aus dem nun hellwachen Michele heraus.

Beide rennen auf die Piazza, wo noch immer kein einziger Mensch zu sehen ist. Selbst für die Hunde scheint es noch zu früh zu sein.

„Es ist schon hell und immer noch sehr früh am Sonntagmorgen", murmelt Capitano Alberto leise vor sich hin.

Michele weiß, was zu tun ist. Es gibt einen polizeilichen Notdienst für solche Fälle und dieser war auch sofort erreichbar. Fabio hat heute Dienst und er hat seine Kollegen irgendwie zusammengetrommelt. Nach einer knappen halben Stunde treffen sie mit einem Einsatzfahrzeug an der Piazza ein. Michele und Capitano Alberto haben versucht, nach ersten Spuren zu suchen, doch sie haben nichts entdeckt. Es sind Fabio und sein Team, die jetzt die Arbeit sehr professionell aufnehmen. Das Krankenhaus ist auch informiert worden und Dottor Lino, der Stationsarzt, kommt kurz darauf zur Piazza. In dürren Worten stellt er den Tod des Mannes fest.

„Den habe ich hier noch nie gesehen", sagt der Arzt.

„Ich auch nicht. Seltsam! Er hat auch keine Papiere bei sich. Keinen Ausweis, keinen Führerschein, keine Sozialversicherungskarte, kein Handy. Noch nicht einmal einen Kassenzettel oder eine Kinokarte. Einfach nichts!", fasst Fabio trocken zusammen. „Der ist ganz bestimmt keines natürlichen Todes gestorben. Dieses kann ich euch jetzt schon mit absoluter Sicherheit sagen", fasst er seine ersten Beobachtungen zusammen.

„Den Anschein eines natürlichen Todes hat es auch von Anfang an nicht gemacht. Das war Mord!", kontert Capitano Alberto trocken. „Und hast du gesehen, wie sorgsam er in die Decke eingeschlagen wurde? Fast so wie bei einer Mumie aus Ägypten. Als wollte der Mörder sein Opfer für seine letzte Reise richtig schön vorbereiten."

„Und du hast ihn gefunden, Alberto?", fragt Fabio. „Gibt es sonst noch Zeugen?"

„Guck dich doch mal um. Alles war menschenleer und erst langsam füllen sich die Straßen. Ganz alleine war ich heute Morgen auf den Straßen. Und den Schuss habe ich als dumpfen Knall gehört, ohne zu wissen, was es war. Fabio, ich denke, es ist notwendig, das Opfer mit einem Tuch vor den Blicken der Neugierigen zu schützen. Zumindest so lange bis der Leichenwagen den Toten abgeholt hat."

„Es ist alles schon eingeleitet", rechtfertigt sich Michele. „Es dauert nur noch ein paar Minuten. Dann kommt Davide, du weißt, unser örtlicher Leichenbestatter."

„Gut so! Ich gehe erst einmal nach Hause und schaue nach meiner Frau. Für euch ist, glaube ich, an einem solchen Sonntagmorgen jetzt genug zu tun. Wenn ich euch irgendwie helfen kann, ihr wisst, wo ihr mich findet. Haltet mich bitte immer auf dem Laufenden", verabschiedet sich der Capitano von den Kollegen wie in alten Zeiten.

Er verlässt den Tatort und geht langsam mit seiner Tüte mit den zwei Brioches nach Hause. Er hofft, dass seine Frau noch schläft. Ganz leise öffnet er die Tür, doch ein warmer Geruch nach Kamillentee gibt ihm das sichere Gefühl, dass seine Frau schon aufgestanden ist.

„Alles in Ordnung, Schatz?", fragt sie besorgt, obwohl diese Frage besser von ihm hätte kommen sollen.

„Ein Toter auf unserer großen Piazza vor der Kirche. Erschossen. Und ich habe ihn gefunden. Doch Fabio kümmert sich schon darum", eröffnet Alberto die traurige Neuigkeit des Tages.

„Nein! Was? Das kann doch nicht wahr sein. Ein Toter. Wer ist es? Und warum nur? Weißt du schon mehr?"

„Nein. Absolut nichts. Fabio fängt ja gerade erst an."

„Ich kann es nicht glauben. Genau vor der Kirche. Und keiner hat etwas mitbekommen? Seltsam. Wer kann eine solch grausame Tat nur begehen? Und solch eine Person lebt unter uns. Unvorstellbar!"

„Doch schau mal, was ich dir zum Frühstück mitgebracht habe. Lucio hat sich wie immer ins Zeug gelegt und hier sind die besten Brioches der Welt. Nur für dich. Mit Kamillentee kommen sie allerdings nicht ganz zur Geltung, doch angesichts der Lage wird es ein guter Start in den Sonntagmorgen auch für dich sein."

„Danke, dass du an mich gedacht hast. Du bist einfach der Beste!", lächelt ihn seine Frau dankbar an. Dennoch ist sie immer noch geschockt vom grausigen Mord.

„Alberto, ich mag mir gar nicht vorstellen, dass ich beim Metzger oder beim Bäcker neben einem Mörder stehen könnte. Jeder unserer Mitbürger könnte es getan haben. Doch ich möchte mir erst einmal keinen unserer Bürger als Mörder vorstellen. Nun, es scheint leider so zu sein. Weißt du, was dies bedeutet? Ich habe irgendwie Angst, auf die Straße zu gehen. Alberto, du musst den Mörder sehr schnell finden! Kannst du dir mein unsicheres Gefühl vorstellen? Und denke bitte an die Familien mit ihren Kindern. Ich glaube fest, dass es allen so geht wie mir. Alberto, was so eine einzelne Tat von einem Moment auf den anderen verändert hat. Das hätte ich nie für möglich gehalten. Schrecklich! Ein Mord in unserer Stadt. Ein Mord auf unserer Piazza Carli!“, wiederholt sie am Ende und ist immer noch fassungslos.

Die alte Bank   *© Darr 2018*

(2) Viel Arbeit für den Commissario

„Ich denke, die erste Arbeit ist gemacht",
resümiert Fabio die Arbeit seines Teams. Fußspuren waren allerdings nicht zu entdecken. So
setzt er die ganze Hoffnung auf den Durchschuss
durch den Brustkorb des Toten und natürlich die
Spurensicherung der Decke, in die der Tote eingeschlagen war. Selbst war er wohl nicht mehr
dazu in der Lage, sich so gekonnt einzupacken.

„Michele, wie sieht es aus? Habt ihr die
Patrone gefunden? Irgendwo muss sie doch
liegen!", schallt es über die Piazza von Fabio.

„Leider nichts zu finden. Die Dinger sind
irgendwie auch immer so klein. Natürlich haben
wir erst mal die Schussrichtung nach der Sitz-
position des Toten untersucht. Nichts, absolut
nichts zu finden!", erwidert Michele.

„Dann sperrt den ganzen Platz und wir suchen
alles ab. Irgendwohin muss sie ja geflogen sein
und wir werden sie finden!", gibt Fabio die Order
an das ganze Polizeiteam.

„Den ganzen Platz? Wie sollen wir das
machen?", fragt Michele.

„Ihr schafft das schon. Und wenn nicht, ihr
schafft es trotzdem!", wiederholt Fabio in
strengem Ton.

Mittlerweile ist auch die Presse erschienen und die anfangs so menschenleere Piazza hat sich schnell gefüllt. Natürlich sind alle Kirchenbesucher auf dieses besonders traurige Ereignis aufmerksam geworden und auch der Pfarrer kommt vorbei, segnet den Leichnam und fragt Fabio, wie es nun weitergehen soll.

„Das weiß ich auch nicht, Herr Pfarrer. Wir wissen noch nicht einmal, wer es war und schon gar nicht, woher er kam. Wir werden nun die Ermittlungen beginnen und halten Sie natürlich auf dem Laufenden, Herr Pfarrer", antwortet Fabio sehr sachlich. So klingt aus seiner Stimme auch ein kleines Stück Unsicherheit durch, weil er mit diesem einmaligen Ereignis nicht routinisiert genug umgehen kann. Es ist der erste Mordfall in dieser so beschaulichen kleinen Stadt in den Bergen.

„Wer übernimmt denn die Ermittlungen im Mordfall, Fabio?", fragt Michele.

„Na, wer schon? Unser Commissario. Gino, unser Commissario. Konntet ihr ihn schon erreichen?", will Fabio wissen.

„Ich habe schon versucht, ihn auf dem Handy zu erwischen. Hat auch irgendwie geklappt. Er sitzt zurzeit mit seiner Familie auf einer kleinen verträumten Piazza an der Küste und frühstückt.

Begeistert war er nicht. Nun überlegt er, wie er sich organisieren soll. Er murmelte etwas vom abgebrochenen Kurzurlaub mit seiner Familie und vom Ankommen am Nachmittag oder so. Wir sollen schon mal alles vorbereiten und alle Unterlagen zusammentragen. Leichter gesagt als getan", so die Antwort von Michele.

„Die Patrone würde dabei richtig helfen, Michele. Also strengt euch an! Wir sehen uns in der Polizeistation", weist Fabio an und verlässt den Tatort.

„Da hat der Commissario noch eine Menge Arbeit vor sich. Ein Toter, aber kein Name, keine Tatwaffe, keine Pistolenkugel, kein Motiv und das alles an einem sonnigen Sonntagmorgen in Asiago", denkt Michele laut vor sich hin.

(3) Seine ersten Gedanken

Am Nachmittag kommt der Commissario in der Polizeistation an.

„Einen wunderschönen Sonntag wünsche ich!", begrüßt er alle Kollegen.

„Wunderschön? Naja. Es gibt schönere Tage", kontert Michele und freut sich innerlich, dass der Commissario endlich angekommen ist. Er hofft irgendwie, dass er nach einer langen Nachtschicht und einem ausgefallenen Frühstück endlich nach Hause kann und Gino „offiziell" die Arbeit übernimmt.

„Du siehst müde aus, Michele. Erzähl trotzdem erst einmal, was passiert ist", beginnt Gino ganz formell.

„In der Nacht von Samstag auf Sonntag ist nichts passiert. Kein Einbruch, keine Ruhestörung, keine Betrunkenen, kein Ehestreit, kein gar nichts. Um kurz vor sechs Uhr klingelte Capitano Alberto wie wild an der Tür. Wir rannten auf die Piazza Carli, fanden den Toten auf einer der neuen Parkbänke und haben Fabio angerufen, damit er mit seinem Team die Spuren sichern kann. Davide haben wir auch erreicht und der Pfarrer ist auch gekommen. Eine Patrone haben wir aber nicht gefunden. Die Presse haben wir in ganz dürren Worten informiert und irgendwie haben wir dich auch erreicht. Und wenn ich ehrlich bin: Ich würde jetzt gerne nach Hause gehen, einmal duschen und dann auch schlafen", fasst Michele stenoartig das für ihn Wissenswerte zusammen.

„Was hat der Arzt zur Planung der Obduktion gesagt? Beginnt er noch heute damit oder will er das doch erst morgen machen?", erkundigt sich der Commissario.

„So wie ich ihn verstanden habe, ist für ihn heute auch Sonntag", antwortet Michele leicht emotional.

„Ich hab's verstanden, Michele. Geh ruhig nach Hause. Ich schau mir den Tatort jetzt noch einmal persönlich an", erwidert er mit ruhiger Stimme.

Auf der Piazza ist alles abgesperrt und ein kleines Team an Polizisten überwacht den Platz. Der Commissario begutachtet die Piazza. Ihm fällt auf, dass der Täter genau die Parkbank in der Ecke zur Kirche als Tatort ausgewählt hat. Dies ist ein Platz, der von allen Seiten sehr gut einsehbar ist.

„Ein seltsamer Ort für einen Tatort. Ich frage mich, ob man von dort besser sehen kann oder dort besser gesehen wird. Auf alle Fälle wird sich der Mörder Gedanken gemacht haben. Das hat mit Sicherheit seinen Grund. Der Platz ist so offen einsehbar, dass so ein Tatort eigentlich gar keinen Sinn macht. Doch er macht mit absoluter Sicherheit Sinn!", spricht Gino seine ersten Gedanken zu sich selbst.

Der Commissario geht anschließend nicht direkt nach Hause, sondern er macht einen kleinen Spaziergang an den Stadtrand und wirft noch einmal einen kurzen Blick über die Felder zurück auf die Stadt. Er liebt diese natürlichen Momente und irgendwie hasst er die intensive Bebauung, den stickigen Verkehr und die Massen an Touristen.

„Wie schön könnte das Leben sein, wenn all dieser Tourismus hier nicht wäre. Der ganze Bauwahn ist wie ein schleichender Tod, nur dass es keine Toten gibt", fasst er seine Lebenserfahrung in kurzen Worten zusammen.

Der Commissario ist bekannt für seine sehr konsequente Anschauung zum natürlichen Leben. Damit hat er sich nicht nur Freunde gemacht, sondern viele Geschäfte leben vom Tourismus: die Bars, die Bekleidungsgeschäfte, die Kioske, die Wohnungsvermieter und natürlich die Bauherren. Letztere sind in jeder Diskussion sein Lieblingsthema, sodass es auch schon keiner mehr hören will.

„Der schleichende Tod ist das eine, doch mein Toter von der Piazza ist das andere", versucht er sich wieder zu konzentrieren und geht langsam durch die grünen Felder und genießt die sonntägliche wärmende Sonne, die bunten Blumenwiesen, die zwitschernden Vögel, die summenden Bienen und den Geruch frisch gemähten Grases. Dieses Gefühl erlebter Natur bedeutet für ihn pures Glück.

Auf den letzten Metern vor seinem Zuhause ist er neugierig, ob seine Familie auch schon angekommen ist. Sie hatten sich entschieden, dass er sich sofort an den Tatort begibt und die Familie mit dem Zug irgendwie nachkommt. Zu seiner Überraschung sind sie schon zu Hause. Anna, seine Frau, hat Sabrina, ihre Cousine, angerufen und sie hat Anna und die Tochter Silvia direkt vom Bahnhof abgeholt. So brauchten sie keinen Bus zu nehmen. Der Mord auf der Piazza ist natürlich auch in der Familie des Commissarios das zentrale Gesprächsthema.

„Hast du den Mörder schon festnehmen können?", will seine Tochter ganz forsch wissen.

„Du machst Witze. Wir wissen noch nicht einmal, wer der Tote war. Geschweige denn, wo er wohnte. Und der Mörder hat sich auch nicht freiwillig gestellt", lautet die dürre Kurzzusammenfassung des Vaters.

„Wie? Ihr wisst nicht, wer es ist. Kann doch nicht wahr sein. In unserer digitalen Zeit weiß doch jeder alles. Und die Polizei noch viel mehr, oder?", scherzt sie ihren Vater an. „Oder arbeitet ihr etwa noch traditionell? So mit Block und Bleistift?"

„Ich sehe schon, dass du in deiner virtuellen Welt und hoffentlich mit der perfekten ‚Suchden-Mörder'-App nur auf den Bildschirm tippen musst und der Mörder wird gefunden. Perfekt wäre es natürlich, wenn deine App auch noch gleich seinen Standort mitteilen würde. Oder noch besser, wenn der Mörder nach dem Klick ganz freiwillig in die nächste Polizeistation kommt, sich meldet und sagt: ‚Ich bin entdeckt worden'. Doch wir leben noch in der analogen Welt. Auch wenn es etwas mehr Arbeit macht, so hat es doch seine Vorzüge. Nicht alles Digitale muss auch besser sein", gibt er seiner Tochter als Lebensweisheit mit auf den Weg.

„Ja, das weiß ich auch. Doch ich bin mir sicher, dass mit einer solchen App die Polizeiarbeit ein Kinderspiel wird. Ist das nicht die perfekte digitale Zukunft für euch?"

„Keine App ohne Gegen-App", lautet die schnelle Antwort des Vaters. „Ich will damit sagen, dass es auch eine Mörder-App geben muss, weil ansonsten keiner mehr einen Mord begehen würde. Ist doch irgendwie logisch, oder?"

„Lass uns mal nachdenken. Busse fahren um die Zeit noch keine. Der Kiosk neben der Kirche war noch geschlossen. Ein Gottesdienst um die frühe Zeit stand nicht auf dem Programm. Und die Decke hat das Opfer auch nicht mitgebracht, da der Tote eine Jacke trug. Das sagt doch schon alles, oder?", recherchiert Silvia fachmännisch.

„Du bist eine richtig gute Detektivin. Ich glaube auch, dass der Zeitpunkt und auch der Ort vom Mörder ganz bewusst gewählt worden sind. Auch die Decke spielt eine gewisse Rolle. Ich würde mich nicht wundern, wenn wir die Schmauchspuren aus dem Abschuss der Pistole in der Decke finden würden. Der Mörder musste auch bedenken, dass jederzeit jemand vorbeikommen und ihn sehen kann. Selbst das Einwickeln eines Toten will geübt sein und braucht seine Zeit. Da steckt ein gewisses Risiko drin", lauten die ersten Gedanken des Commissarios.

„Cool geplant, kann ich da nur sagen."

„Richtig gut geplant. Und eiskalt durchgezogen. Doch das wird nichts nützen. Wir werden ihn finden!", gibt sich der Vater ganz selbstsicher.

„Mama, was gibt es heute zu essen?", will Silvia plötzlich wissen. Anscheinend hat sie ihr Interesse an dem Fall ein Stück verloren. Es kann aber auch sein, dass das Blinken auf ihrem Smartphone sie ein bisschen abgelenkt hat.

„Eine kräftige Gemüsebrühe und danach die Reste vom Samstag. Und wenn ihr alles artig gegessen habt, dann bekommt ihr auch noch einen Rest von meiner schönen Käsetorte", gibt sie einen Überblick über den improvisierten Speiseplan.

„Ich rufe noch mal kurz meinen Freund Alberto an. Bin richtig neugierig, was er zu diesem Fall denkt", sagt Gino zu seiner Frau und verabschiedet sich schnell in sein Arbeitszimmer. Silvia hingegen chattet mit ihrer besten Freundin.

„Eine richtig nette Familie", denkt Anna und bereitet unterdessen das Abendessen vor.

„Ciao Alberto, Gino am Apparat."

„Schön, dich zu hören. Wir haben uns gar nicht mehr gesehen. Doch Carla ging es nicht sehr gut und da bin ich gleich nach Hause gegangen. Ich bin mir sicher, dass der Fall bei dir in guten Händen ist."

„Danke für die Blumen. Ich wollte noch mal im Originalton hören, wie du die Sache siehst und was so passiert ist. Eine schreckliche Tat. Es ist die erste dieser Art bei uns!"

„Du, da ist nicht viel zu erzählen. Sonntag früh ist alles menschenleer. Wenn ich nicht gewesen wäre, hätten wahrscheinlich die ersten Kirchgänger den Toten entdeckt. Vielleicht aber auch nicht. Der war so gut eingepackt, dass seine

Schlafposition für niemanden verdächtig gewesen wäre. Die Wickeltechnik musst du erst mal draufhaben, sodass der Kopf nicht zur Seite fällt."

„Hast du noch ein paar Details? Michele war nur müde von der Nachtschicht und wusste noch nichts."

„Ich leider auch nicht. Ich gehe aber fest davon aus, dass Fabio die Spuren perfekt gesichert hat. Weißt du, ob sie die Patronenkugel schon gefunden haben? Die kann wer weiß wohin geflogen sein. Ich glaube nur, dass der Schuss direkt an der Parkbank abgegeben wurde. Mehr kann ich dir jetzt auch nicht sagen. Halt' mich bitte auf dem Laufenden."

„Ja, ich weiß. Seit du in Pension bist, fehlt dir wohl ein Stück Ablenkung und Arbeit, oder?"

„Hin und wieder, ja. Doch immer, nein!", gibt Alberto freiwillig zu.

„Grüß Carla recht herzlich von mir. Ich melde mich. Versprochen!", beendet Gino das Gespräch und wird schon mit dem Geklapper aus dem Hintergrund deutlich darauf hingewiesen, endlich auch zu kommen.

Die unverfälschte Natur © *Darr 2018*

(4) Wer war der Tote?

Der Commissario ist überzeugt, dass es ein geplanter Mord war und das Opfer freiwillig zur Verabredung gekommen war. Der erste Schritt zur Aufklärung dieses Mordfalls für ihn ist es, den Namen und die Identität des Opfers festzustellen. Erst danach kann er damit beginnen, das Motiv des Mörders zu ermitteln. So beschließt er, am späten Abend noch Oreste, den Sergenten, anzurufen.

„Oreste, entschuldigen Sie, dass ich so spät am Sonntagabend noch störe. Ich weiß, dass Sie heute ihren freien Tag haben. Haben Sie mitbekommen, was auf unserer Piazza passiert ist?"

„Kein Problem, Commissario. Es hat sich mittlerweile herumgesprochen, was passiert ist. Weiß man denn schon, wer der Tote war?"

„Das ist der Grund meines Anrufes. Da gibt es überhaupt kein Anzeichen. Entweder wollte das Opfer nicht erkannt werden oder der Mörder hat sehr gründlich gearbeitet."

„Verstehe", gibt Oreste knapp zurück.

„Der Tote muss ja irgendwo gewohnt haben. Fußläufig sogar. Denn in unmittelbarer Umgebung stand kein Fahrrad und auf den ersten

Blick auch kein unbekanntes Auto", rekapituliert Gino.

„Da bleiben nur die Hotels, oder?", versucht Oreste die Ermittlungen in eine Richtung zu lenken.

„Oder er hat bei seinen Freunden gewohnt", ergänzt der Commissario. „Also, Oreste. Ich denke, dass Sie wissen, was ich denke. Morgen früh alle Hotels kontaktieren und fragen, ob der unbekannte Tote sich bei ihnen einquartiert hatte. Ein Foto des Toten müsste mittlerweile in der Polizeistation sein. Dann versuchen Sie ihren Freund Sergio, den Journalisten vom ‚Il Giorno‘, einmal zu befragen, ob er uns irgendwie helfen kann. Der kennt alles und jeden. Es muss doch möglich sein herauszubekommen, wer der Tote war", gibt der Commissario vor. „Lassen Sie uns jede Stunde einmal telefonieren und uns gegenseitig auf dem Laufenden halten. Ansonsten kommen wir keinen Schritt voran."

„Ok, Commissario. Morgen früh geht's los. Ich wünsche ihnen noch einen schönen Sonntag", verabschiedet sich Oreste höflich in den verbleibenden Abend des Wochenendes.

Am nächsten Montagmorgen ist die Polizeistation schon sehr früh vollständig besetzt. Alle wissen von dem Toten auf der Piazza und alle wissen praktisch nichts. Noch nicht einmal wer der Tote war. Es gibt nur Fragen. Diese große Unsicherheit überträgt sich in Asiago auf alle Bürger. Jeder hat das Gefühl, nicht mehr sicher zu sein. Und dies obwohl das Opfer freiwillig an den Tatort gekommen sein musste. Diese Unruhe ist nicht gut für die Recherchearbeit eines Commissarios und er weiß, dass er zügig Antworten zu geben hat.

„Guten Morgen, Questore", begrüßt der Commissario den Leiter der Polizeistation.

„Guten Morgen, Commissario. Eine schreckliche Tat, nicht wahr? Ein Mord auf unserer Piazza Carli. Ich denke, dass wir nicht viele Worte brauchen. Was wir benötigen sind verlässliche und schnelle Antworten. Manchmal ist das so. Also arbeiten Sie mit Hochdruck an diesem Fall. Ich werde ihnen alle Einsatzkräfte, die Sie anfordern, sofort zur Verfügung stellen. Wir alle brauchen schnelle Antworten. Haben Sie mich verstanden? Ich habe volles Vertrauen zu ihnen!", leitet der Questore seine eindeutige Erwartungshaltung an den Commissario weiter.

„Selbstverständlich, Questore. Danke für das Vertrauen!", wiederholt der Commissario den klar verständlichen Auftrag seines Vorgesetzten.

„Worauf warten Sie? Verlieren Sie keine Zeit. Und geben Sie mir jeden Abend einen kurzen Zwischenbericht. Wenn möglich auch mittags. Sie wissen, wo Sie mich erreichen können", beendet der Questore das kurze Gespräch.

Auf der Polizeistation ist ein Foto des Mordopfers für alle Polizisten verfügbar und dank der Arbeit des Sergenten wurde es schon früh an alle Hotels der Stadt verteilt. Auch Sergio, der Journalist der Stadt und Orestes bester Freund, ist gebeten worden, bei der Suche nach der Identität des Toten intensiv zu helfen.

„Sergio, danke, dass du dir so viel Zeit nimmst."

„Es gibt, glaube ich, nichts anderes, was im Moment diskutiert wird. Falschparker, entlaufene Kühe oder umgefallene Mülleimer interessieren im Moment niemanden. Und mein Chefredakteur ist der festen Überzeugung, dass wir entweder den Mörder finden oder, wenn ihr überraschenderweise schneller sein solltet, wir die ersten sind, die dann exklusiv über den Fall mit allen Einzelheiten berichten. Zwei Doppelseiten hält der Chef mir frei. Er hat sogar mit dem Gedanken gespielt, dass diese beiden Doppelseiten schon morgen gefüllt sind. Das war ihm kaum auszureden. Aber irgendwie hat er doch ein

Einsehen gehabt", gibt Sergio den sanften Druck seines drängelnden Chefredakteurs zu.

„Irgendwie sitzen wir alle im gleichen Boot. Ein Toter und schon muss jedes Rädchen im gesellschaftlichen Getriebe sofort funktionieren", entlädt Oreste seine diesbezügliche Kritik.

„Das nächste Mal bitten wir den Mörder, gleich die Fotos, die Motivstory, alle Hintergründe und alles Wissenswerte als Textdatei zu liefern. Ich glaube, erst dann wären wirklich alle glücklich!", fantasiert Sergio leise in sich hinein.

Oreste geht zurück zur Polizeistation, um sich mit dem Commissario zu besprechen. Der hat inzwischen mit dem Arzt gesprochen, der die Obduktion vorbereitet.

„Wissen Sie, Oreste, was mir unser Doktor als erstes gesagt hat? Sie kommen nicht drauf", prognostiziert der Commissario. „Alle Kleidungsstücke unseres Toten haben ausländische Etiketten. Der Tote kommt gar nicht aus unserem Land. Die Einzelheiten der Obduktion will er mir allerdings erst morgen mitteilen, da ein Großteil seines Teams irgendwie im langen Wochenende ist. Wer weiß warum? Aber es ist so. Und das bedeutet, Oreste, dass wir jemanden suchen, der aus dem Ausland mit einem ausländischen Fahr-

zeug hier angekommen ist und mit einer ausländischen Sprache irgendwie mit jemandem hier
in Kontakt gekommen sein muss. Und auch der
Mörder hat sich mit ihm ja irgendwie unterhalten,
oder? Also spricht unser unbekannter Mörder
auch mehrere Sprachen", erläutert Gino seine
ersten Schlussfolgerungen.

„Oder der Tote spricht, sorry, sprach auch
italienisch", ergänzt Oreste.

(5) Nur Fragen und noch keine Antworten

„Oreste, ich glaube, wir haben den Termin des
Jahres gewonnen. Wir dürfen unserem hoch ge-
schätzten Herrn Bürgermeister Bericht erstatten
und ihm erklären, was wir schon wissen und
natürlich auch, was wir noch nicht wissen", klingt
es fast sarkastisch vom Commissario.

„Das ist doch sein gutes Recht", antwortet der
Sergente.

„Recht ja. Aber ich sage, dass das ein sehr un-
freundlicher Spießrutenlauf werden wird. Der
wird uns vorführen und er wird uns zeigen, dass
wir nicht in der Lage sind, diesen Fall zu lösen.
Dann wird er uns den unendlich großen negativen
Einfluss auf die Stadt und den Tourismus und

seinen Stadtetat in allen Einzelheiten darlegen. Und wer ist schuld? Ganz einfach: die Polizei. Und wer ist die Polizei? Ganz einfach: wir. Oder präziser gesagt: ich!", prognostiziert der realistische Commissario.

„So kann es laufen. Und wir können sicher sein, dass noch eine Spur Emotion mit einer sehr großen Prise Verachtung mit untergemischt wird", gibt sich der Sergente sichtlich gelassener als der Commissario. „Und mit Sicherheit noch ein Löffel mit digitaler Zukunft. Da bin ich mir beim Bürgermeister ganz sicher."

„Wie lange wird das Ganze dauern?", hinterfragt der Commissario.

„Ich schätze gute zehn Minuten. Dann hätten wir's überstanden."

„Überstanden? Davon ist nicht auszugehen. Er wird jeden Tag jeden Einzelnen, den er kennt, im Detail über unsere Unfähigkeit informieren. Das macht es für uns nicht einfach. Und egal wo wir hingehen, jeder wird wissen, dass wir die allergrößten Gestrigen sind. Und wir können sicher sein, dass er es ihnen im Detail erklärt hat. Unvergesslich präzise sogar!", vermutet der leicht erregte Commissario und gibt damit einen Ausblick auf die Stimmung der nächsten Tage.

„Dann wird es ja ein richtig schöner Tag!",
ironisiert der Sergente.

„Zum Trost denke ich dann immer an die
Schlussszene eines alten Films, in der inmitten
aller Trümmer und inmitten allen Elends jedem
Beteiligten mit warmen Worten Hoffnung und
Zuversicht gegeben werden. Es wird deshalb
auch uns gelingen, den Mörder zu finden und ihm
die Tat zu beweisen. Ganz sicher! Da habe ich
keine Zweifel!"

„Dann auf ins Gefecht!", spricht der Sergente
sich und seinem Vorgesetzten Mut für die folgenden zehn Minuten zu.

Sie gehen hinüber ins Bürgeramt von Asiago,
melden sich bei der Sekretärin des Bürgermeisters an und werden sofort vorgelassen.

„Na, jetzt bin ich aber neugierig, was sie mir
zu berichten haben, meine Herren von der Polizei", beginnt der heimische Bürgermeister ohne
jedwede Form einer höflichen Begrüßung.

„Guten Morgen, Herr Bürgermeister", versuchen die beiden, zumindest eine Form von Höflichkeit zu wahren.

„Ob der Morgen gut wird, werden sie mir
gleich sagen", kontert der Bürgermeister kühl.

„Die Lage stellt sich für uns wie folgt dar: Der Tote wurde Sonntag sehr früh morgens vom Capitano Alberto auf der Piazza gefunden. Der Tote wurde mit einem Schuss getötet, in eine Decke wie eine Mumie eingewickelt und auf die neue Parkbank gesetzt. Er hatte keinerlei Ausweispapiere bei sich und bislang keiner aus den Hotels kennt ihn. Das einzige, was wir jetzt schon wissen, ist, dass er kein Italiener ist. Wir gehen davon aus, da seine Wäscheetiketten nicht von hier stammen. Somit sind uns die Person noch unbekannt und das Motiv noch unklar. Wir gehen auch davon aus, dass er sich mit dem Mörder auf der Piazza verabredet hat. Dies ist, so denken wir, im Moment alles", fasst der Commissario spartanisch die Lage zusammen und erwartet nun zusammen mit dem Sergenten die wuchtvolle Replik des Bürgermeisters.

„Toll! Was haben wir nur für eine Polizei! Da unterstützen wir, wo wir können und was ist das Ergebnis? Die Unterhose kommt nicht aus Italien. Ganz toll! Man sollte sie für einen Orden vorschlagen", grätzt der Bürgermeister gegen die Arbeit der Polizei.

„Jetzt kommt mit Sicherheit die Zukunft mit Big Data und Predictive Analytics", flüstert ganz leise der Sergente von hinten.

„Meine Herren, neue Methoden sollten sie anwenden. Big Data und Predictive Analytics. Sie müssen alle verfügbaren Daten sammeln, diese auswerten, Profile erstellen und Entwicklungen erkennen. Dann können sie Prognosen machen und viel schneller ermitteln. Dies gilt auch bei Verbrechen. Schauen sie sich doch in der Welt um. Dies wird heute schon gemacht. Aber sie kennen dies wahrscheinlich gar nicht oder wollen es nicht kennen. So kommen sie nie in die Zukunft, meine Herren. Versetzten sollte man sie mit ihren rückständigen Ideen. Am besten ins St. Niemandsland. Und am allerbesten für immer!", tritt der Bürgermeister nach. „Und noch eine zweite Sache, die mich massiv stört. Sie wollen doch wohl nicht andeuten, dass einer unserer hiesigen Bürger der Mörder ist. Oder wie soll ich das verstehen, wenn sie sagen: ,die Beiden waren verabredet'. Das wird ja immer schöner. Fehlt nur noch, dass sie einen unserer Honoratioren als Mörder in Betracht ziehen. Ich weiß ja, wie sie über uns denken. Wir waren es, die Asiago nach dem Krieg aufgebaut haben und wir haben uns mit all unserer Energie für das Wohl der Bevölkerung eingesetzt und haben die Zukunft gestaltet; im Übrigen auch ihre Zukunft, meine Herren. Dies steht bei ihrer persönlichen Meinung wahrscheinlich wohl ganz unten auf der

Skala. Ich weiß, dass sie uns als Baulöwen, Raub-
ritter und Ausbeuter oder alles auf einmal zusammen ansehen. Nur weil sie ihren Bienenkorb
jetzt ein bisschen weiter in die Berge stellen
müssen. Sie wissen wahrscheinlich gar nicht was
Zukunft ist!", hackt der emotional aufgeladene
Bürgermeister abschließend auf die beiden ein.

„Sie müssen zugeben, dass in den letzten
Jahrzehnten unser schönes Städtchen mehr und
mehr einer hochsommerlichen Bauruine gleicht.
Von Juni bis September und über Weihnachten
und Ostern platzten wir aus allen Nähten. Und in
der Zeit dazwischen können wir die Bürgersteige
ruhig hochklappen. Da sind wir gar keine richtige
Stadt. Da haben wir die Größe eines Zeltlagers,
sehr geehrter Herr Bürgermeister", kontert der
Commissario. „Und die Sache mit der Natur.
Gucken Sie sich doch die Stadt an. Die Blumenwiesen sind fast weg. Die Honigernte ist drama-
tisch gesunken. Unsere Luftwerte haben sich
drastisch verschlechtert. Und was haben wir
davon? Ein paar reiche Bauern und Bauunternehmer. Mehr als siebzig Bars in der Stadt. Und
die Geschäfte bestehen auch nur noch aus Fabrikverkäufen. Das passt genau zur Zeltstadt. Alles
nur Wohlstandsnomanden! Alles nur noch für
den Moment mit ein bisschen Konsum und dazu
ein bisschen Essen und Trinken. Ganz toll
gemacht, Herr Bürgermeister!", befreit sich der

Commissario gegen den Angriff des Bürgermeisters.

„Man müsste Sie an die südlichste Spitze der Welt versetzen. Und dann noch ein bisschen weiter hinaus. Vielleicht wird am Südpol für Sie eine Stelle frei. Ich werde mich für Sie einsetzen", giftet der Bürgermeister zurück.

„Sie wollen einfach nicht einsehen, dass ihre Wohnungspolitik fast keinem nützt. Und Sie sind schuld. So einfach sehe ich das!", macht der Commissario seine Position konturenscharf deutlich.

„Höchst wahrscheinlich denken der Herr Commissario, dass ich das Ganze auch noch organisiert habe. Aber lassen wir das. Das werde ich mit ihrem Vorgesetzten besprechen. Vielleicht klappt es ja mit dem Südpol. Und jetzt, meine Herren, entschuldigen sie mich bitte. Ich habe zu arbeiten und möchte zum Wohle unserer Stadt auch Ergebnisse für unsere Zukunft erzielen. Und nicht nur heiße Luft, so wie sie es im Moment machen. Ich erwarte von ihnen ganz klare Ergebnisse und Beweise. Haben wir uns da verstanden?"

„Verstanden schon. Doch Ergebnisse werden wir Polizei intern diskutieren und ihnen dann

mitteilen. Und zwar genau in dieser Reihen-
folge!", kontert der Commissario. „Wäre der
Südpol nicht auch etwas für Sie?

„Verlassen sie mein Büro! Und über den Südpol reden wir noch!", beendet der Bürgermeister
forsch den heftigen Schlagabtausch und fordert
den Commissario und den Sergenten auf, das
Büro unverzüglich zu verlassen.

Sie gehen wortlos aus dem Büro des Bürgermeisters, verabschieden sich allerdings sehr höflich, sofern dies für sie möglich ist, von der
Sekretärin und gehen zurück auf die Polizeistation. Dort angekommen werden die beiden
vom wachhabenden Polizisten sofort gebeten,
zum Questore zu gehen. Es scheint sehr dringend
zu sein.

„Da haben wir heute das ganz große Los gezogen, nicht wahr?", beginnt der Sergente ironisch
lächelnd das Gespräch.

„Und es wird dann insgesamt länger als zehn
Minuten dauern."

„Sozusagen ein Drama in zwei Akten", gibt
sich der Sergente als Kenner der Dramaturgie.

„Hoffentlich sind es nur zwei. Doch wir sind
auch keine Zauberer. Wir haben die Ermittlungen
gerade erst angefangen und wir werden einen

Mörder und die notwendigen Beweise finden. Und ich bin weiterhin der festen Überzeugung, dass die Tat irgendwie mit den großen Bauthemen hier in der Stadt in Verbindung steht. Es geht nicht darum, dass jemand sich beim Autokauf wegen ein paar Euros über den Tisch gezogen fühlt. Das scheint mir eine größere Sache zu sein. Und größere Sachen haben größere Gründe."

„Schade nur, dass die ganzen Philosophien zu den großen Sachen, sofern sie denn überhaupt richtig sind, uns im Moment nichts nützen. Wir wissen ja noch nicht einmal, wer der Tote war. Das ist unser Problem", versucht Oreste eine kleine Brücke zwischen den unterschiedlichen Weltanschauungen herzustellen.

„Guten Morgen, Herr Questore", begrüßen der Commissario und der Sergente ihren Vorgesetzten.

„Guten Morgen, meine Herren. Bitte nehmen sie Platz. Ich darf gleich zur Sache kommen. Die Lage wird leider noch ernster als sie denken. Unser hochgeschätzter Herr Bürgermeister sieht den Wohlstand der Stadt durch den unbekannten Toten mehr als gefährdet. Und die möglichen Verbindungen zu den Honoratioren dieser Stadt haben ihn den Kragen platzen lassen. Unser Herr

Bürgermeister hat sich in den letzten paar Minuten mehr als fürchterlich bei mir über sie beide beschwert. Die Sache mit dem Südpol habe ich allerdings nicht ganz verstanden. Wissen sie etwas Genaueres davon?", versucht der Questore, zunächst die politische Ausgangslage bei der Aufklärung des Falls zu klären.

„Das mit dem Südpol erklären wir ihnen bitte später. Wir wissen auch, dass ein Toter auf dem Hauptplatz unserer Stadt nicht gerade ein Imagegewinn ist. Dies gilt aber für alle schweren Straftaten. Wir sind nur der Auffassung, dass ein unqualifiziertes Beschuldigen in dieser frühen Phase der Ermittlungen uns überhaupt nicht weiterbringt. Im Gegenteil. Es schadet nur!", setzt der Commissario den rechtfertigenden Gedankengang fort.

„Bevor wir zu den sachlichen Fragen kommen, meine Herren, möchte ich eins ein für alle Mal klarstellen. Verdächtigungen gegen wohl verdiente Bürger unserer Stadt verbitte ich mir! Das möchte ich nicht mehr hören. Haben sie mich da verstanden? Sonst könnte auch ich auf die Idee mit dem Südpol kommen. Ist das klar?", bezieht der Questore ganz eindeutig Stellung in dieser Frage. „Und das hat nichts mit der Beschwerde des Bürgermeisters zu tun."

„Ja, wir haben es verstanden. Doch so ganz können wir es nicht von der Hand weisen."

„Sie können und wissen im Moment gar nichts. Das ist ihr, und ich will ihnen das ganz deutlich sagen, das ist unser Problem. Da sitzen wir als Polizei alle in einem Boot. Fest steht, wir wissen ja noch nicht einmal, wer der Tote war. Also machen sie ihre Hausaufgaben, so wie sie es damals in der Polizeischule gelernt haben. Und danach kommen wir zu den Motiven. Und dann werden wir sehen, was belastbar ist. Ist das klar? Also, was haben sie konkret geplant und vorbereitet, um die Identität des Toten festzustellen?", will der Questore nun in sehr fachlich strengem Ton wissen.

„Herr Questore, wir sind mit dem Foto des Toten auf alle Hotels und Herbergen der Stadt zugegangen und haben leider noch keine befriedigende Antwort erhalten. Wir haben den ersten Hinweis des Obduktionsarztes. Er hat mitgeteilt, dass der Tote nur ausländische Wäsche getragen hat. Also muss dieser Ausländer irgendwie zu uns gekommen sein und in irgendeiner Form mit jemandem hier gesprochen haben. In welcher Sprache auch immer. Zugegeben, das ist noch nicht viel. Und seien Sie sicher, dass auch wir mit Hochdruck daran arbeiten, um zu erfahren, wer der Tote war."

„Machen sie weiter und halten sie mich wie besprochen auf dem Laufenden. Ich versuche, ihnen den Bürgermeister von Hals zu halten. Viel Erfolg!", beendet der Questore das Gespräch und versucht dabei, die solidarische Einheit aller seiner Polizeikräfte zu betonen.

Der Commissario und der Sergente gehen halb erleichtert und halb bedrückt zurück in ihr Büro. Sie fangen an zu überlegen, wie sie konkret weiter vorgehen wollen.

„Was haben wir sonst noch außer Hotels?", fragt sich der Commissario selbst. „Da haben wir Zeltplätze, Wohnmobile und Unterkünfte bei Freunden. Irgendwo muss er ja geschlafen haben. Er machte einen sehr gepflegten Eindruck. Also, Oreste, mit allem was wir haben kümmern wir uns jetzt um Zeltplätze und Wohnmobile. Und bitte auch in allen Nachbargemeinden die Hotels kontaktieren. Ich denke, dass wir nicht mehr als einen zehn Kilometer Radius ziehen müssen. Was machen unsere Überwachungskameras an den Überlandstraßen? Haben wir da eine Chance?", fängt der Commissario an, den hohen handwerklichen Anspruch seines Questores umzusetzen.

„Das hatte ich noch gar nicht in Betracht gezogen. Ich werde Michele bitten, das einmal zu recherchieren", setzt Oreste die geforderte handwerkliche Polizeiarbeit um.

„Und dann noch etwas, Oreste. Wir gehen auch alle Straßen und alle Parkplätze ab und schauen nach Autos mit ausländischen Kennzeichen. Wenn er aus dem Ausland gekommen ist, dann hat er ein Auto benutzt. Mit dem Zug kann er nicht gekommen sein. Mit dem Flugzeug zu unserem kleinen Flughafen? Das glaube ich nicht. Und mit dem Bus? Viel zu kompliziert. Also bleiben die Autos. Und wenn er aus dem Ausland kam, dann hat das Auto ein ausländisches Kennzeichen. Alle Straßen und alle Parkplätze abgehen und nach ausländischen Kennzeichen suchen. Ich werde über Fabio organisieren, dass wir jedes Kennzeichen ganz schnell abprüfen können. Das wird dann zwar ein bisschen dauern, aber wir müssen wissen, wer er war", gibt sich der Commissario weiterhin sehr zielstrebig und selbstbewusst.

(6) Das erste Licht im Dunkeln

Der Beginn des Tages bleibt enttäuschend. Die Antworten von den einzelnen Hotels und Herbergen kommen insgesamt sehr zügig. Alle Mitarbeiter in der Polizeistation sind den ganzen Tag damit beschäftigt, die Antworten und die Namen

der Antwortenden aufzunehmen. Doch das Ergebnis ist immer das gleiche: An eine Über-
nachtung des unbekannten Toten kann sich
niemand erinnern. Auch die Ausweitung der
Recherche auf die Hotels der benachbarten Orte
brachte keine neuen Erkenntnisse. Der Unbekannte bleibt gänzlich unbekannt.

„Dann muss es eine andere Lösung geben",
motiviert sich der Commissario selbst. „Unser
Unbekannter ist ja nicht vom Himmel gefallen",
spricht er zu sich selbst und es klingt mehr als nur
eine Spur Ungeduld in seiner Stimme. Er weiß,
dass er bei seinen Ermittlungen früher oder später
Fortschritte machen wird. Doch er braucht dafür
unbedingt einen Anfang. Es würde ihm auch ein
ganz kleiner dünner Faden reichen, um die
Geschichte aufrollen zu können.

„Commissario, Commissario. Ich glaube, wir
haben endlich eine erste Spur!", platzt es aus dem
Sergenten heraus. „Es hat den Toten vorher schon
jemand einmal gesehen. Das ist zwar schon ein
bisschen her, aber es ist ein erster Hinweis.
Endlich! Wir haben den ersten kleinen Hinweis.
Es ist der Anfang!", verkündet er dies angesichts
der bislang noch sehr trostlosen Lage mit etwas
Stolz und Erleichterung.

„Endlich! Ein Anfang. Oreste, bitte Details. Wer und wo war es?", hinterfragt Gino in neugieriger und drängender Weise.

„Letztes Jahr ist unser Unbekannter mit Maria gesehen worden. Unsere Maria. Sie wissen, wer sie ist. Sie war vor Jahren die erste Mitarbeiterin in unserer neuen Stadtbibliothek. Sie kommt aus dem Süden. Cristina, die Tochter von Lucio vom *Casa del Dolce*, hat uns die Information gegeben. Sie weiß es sehr genau, denn sie ist mit ihrer kleinen Tochter sehr regelmäßig in der neuen Bibliothek gewesen. Dabei haben die beiden sich mit Maria ein bisschen angefreundet. Und da sie am Anfang noch wenig Kontakte hatte, hat sie sich deshalb auf Cristina und ihre Tochter fixiert. Im letzten Jahr im Juni kam dann Maria nachmittags und hat zwei Eis im *Casa del Dolce* gekauft. Natürlich deren Eispezialität, das Fior d'Arancio. Da war Cristina sehr neugierig und ganz besonders neugierig war sie, als sie gesehen hat, dass das zweite Eis für einen Freund war. Jacques, so hat sie ihn genannt. Und die beiden sahen sehr glücklich aus", gibt Oreste die Aussage von Cristina in kurzen Worten wieder.

„Immerhin ein Anfang. Ich wusste, dass er nicht vom Himmel gefallen sein konnte. Doch es ist schon lange her. Also, Oreste, worauf warten wir noch? Befragen wir Maria. Wo wohnt sie?", zeigt sich der Commissario nun doch schon viel entspannter als noch vor einer Stunde.

„In der Via delle Montagne, Nummer 12", gibt sich der Sergente sehr gut vorbereitet.

„Es ist um die Ecke. Da gehen wir zu Fuß hin. Ist sie zu Hause oder in der Bibliothek?", will Gino sofort wissen.

„Das habe ich schon ermittelt, Commissario. Wir haben in der Bibliothek angerufen. Dort hat man uns gesagt, dass Maria mittlerweile in der Immobilienagentur von Vittorio arbeitet. Doch die Mitarbeiterin in der Bibliothek konnte uns auch gleich sagen, dass sie für eine Woche nach München gefahren ist. Dort will sie wie jedes Jahr eine Freundin besuchen. Auf ihrer Handynummer haben wir es auch schon probiert. Doch das scheint ausgeschaltet zu sein. Allerdings soll sie in drei bis vier Tagen zurückkommen", zeigt der Sergente, dass er die nächsten Schritte des Commissarios erahnt hat.

„Hat die Wohnung eine Garage?", fragt Gino.

„Garage?", fragt Oreste zurück.

„Ja, eine Garage. Oder glauben Sie, dass unser Unbekannter wirklich vom Himmel gefallen ist?", zeigt der Commissario, dass er schon wieder einen Schritt nach vorne denkt. „Also, sagen Sie Fabio sofort Bescheid, dass wir einen Techniker brauchen und uns in zehn Minuten vor der Wohnung einfinden. Wir warten jetzt nicht auf die Rückkehr von Maria. Ihr geht schon los und ich rufe derweil unseren Richter an, dass das alles seine Ordnung hat", weist der Commissario die nächsten Schritte an.

Kurze Zeit später treffen sich alle an der Via delle Montagne vor der Nummer 12. Stefano, der Nachbar von Maria, bemerkt das große Polizeiaufgebot und fragt, was passiert ist. Er kann sich dies alles gar nicht erklären.

„Was ist los?", fragt deshalb Stefano ganz irritiert.

„Guten Morgen, Stefano. Ich leite die Ermittlungen im Mordfall auf unserer Piazza. Wo sind die Wohnung und die Garage von Maria?"

„Die Wohnung ist im ersten Stock. Ich habe auch immer die Schlüssel, falls was sein sollte. Und natürlich für die Blumen. Ihre Garage ist hier vorne. Es ist die zweite von links. Auch hier habe ich natürlich einen Schlüssel. Was ist passiert, Commissario?", fragt Stefano nochmals.

Sie gehen zuerst zur Garage, schließen sie auf, öffnen das Garagentor und können ihren Augen nicht trauen. Ein kleines Familienauto mit französischem Kennzeichen.

„Sie wissen, was zu tun ist, Sergente!", weist der Commissario nur kurz an. „Die anderen kommen mit in die Wohnung. Stefano, nur der Ordnung halber. Wir haben einen bestätigten Durchsuchungsbefehl des Richters und Sie sind nicht befugt, hierüber zu sprechen. Wo war die Wohnung, sagten Sie?"

Sie gehen in den ersten Stock, Fabio aus dem Sicherheitsteam öffnet die Tür und er geht zunächst alleine hinein. Er schaut sich kurz um, kommt einen kurzen Moment später wieder zurück auf den Flur, wo die anderen warten, und bestätigt, dass ein Gast hier anscheinend auf dem Sofa im Wohnzimmer übernachtet hat. Alles in der Wohnung ist allerdings für die Abreise vorbereitet. Die Koffer sind gepackt und einladebereit.

„Deshalb kannte ihn keiner aus den Hotels. Und deshalb hat auch sein Auto nicht auf der Straße geparkt. Nur seltsam, dass seine Gastgeberin genau in dieser Woche nicht da ist. Das ist mit Sicherheit alles kein Zufall", ist sich der Commissario absolut sicher.

„Stefano, wir möchten Sie bitten, mit uns auf die Polizeistation zu kommen. Wir haben doch noch ein paar Fragen und wir glauben, dass Sie uns helfen können. Wollen Sie gleich mitkommen?"

„Geben Sie mir bitte noch ein paar Minuten. Dann kommt meine Frau und kann auf die Kinder aufpassen. Ansonsten würde ich sie alleine zu Hause lassen. Ist das in Ordnung für Sie?", fragt Stefano zurück.

„Kein Problem und bis gleich", bestätigt der Commissario.

Eine halbe Stunde später findet sich Stefano auf der Polizeistation ein. Er hat sich beeilt und konnte deshalb seiner Frau auch nur ganz kurz die Hintergründe dieser Aktion schildern.

„Schön, dass es so schnell geklappt hat. Es wird ein sehr offizielles Gespräch sein, da es sich um einen Mordfall handelt. Der Sergente wird deswegen ein Protokoll anfertigen, dass Sie am Ende auch unterschreiben werden. Haben Sie Fragen dazu?", eröffnet der Commissario das Gespräch ganz formell.

„Bitte erzählen Sie uns, was Sie von dem Unbekannten und der Beziehung zu Maria alles wissen", gibt ihm der Commissario vor.

„Es ist eigentlich nicht viel. Maria wohnt seit Jahren hier. Sie kam aus dem Süden und hatte zu Beginn eine Arbeit in unserer neuen Bibliothek bekommen. Sie kannte, glaube ich, irgendjemanden hier aus unserem Ort und die Arbeit mit den Büchern und den Kindern machte ihr richtig viel Spaß. Das hat sie oft gesagt. Doch fragen Sie sie selbst, wenn sie in ein paar Tagen wieder zurück ist. Jacques habe ich einmal kurz vor einem Jahr gesehen. Er kam aus Frankreich und war für ein paar Tage hier. Ich glaube, sie kennen sich von früher. Doch auch da möchte ich Sie bitten, Maria zu fragen, wenn sie wieder zurück ist", erklärt Stefano.

„Kommen wir auf dieses Wochenende zu sprechen. Wann ist er genau gekommen? Haben Sie ihn nicht gesehen?", fragt der Commissario nun präzise nach.

„Eigentlich habe ich ihn gar nicht gesehen. Ich habe auch nicht gewusst, dass er kommt. Er muss Samstagnacht gekommen sein, denn ich habe am Samstagnachmittag noch mal die Blumen gegossen. Und da war er auf keinen Fall da. Das hätte ich bemerkt. Gehört habe ich leider auch nichts. Ich habe einen sehr tiefen Schlaf oder er war so ruhig, dass ihn keiner mitbekommen hat. Und von einer engen Freundschaft zwischen den beiden weiß ich leider nichts. Tut mir leid, Commissario, dass ich hier nicht mehr weiß. In einem bin ich aber ganz sicher: Vor Samstagmittag war auf er keinen Fall hier", bestätigt Stefano.

„Haben sind die Fotos in der Zeitung nicht gesehen? Und die Bitte der hiesigen Polizei an die Bevölkerung, sofort zu helfen?", möchte der Commissario nun wissen.

„Klar, das Foto habe ich gesehen. Da habe ich mich gar nicht so genau erinnert. Ich habe ihn leider nur einmal zuvor gesehen. Dies war auch nur sehr kurz. Und dass er sein Auto in der Garage parkt, habe ich nicht gemerkt. Darum habe ich mich auch nicht gemeldet. Was hätte ich denn dann sagen sollen? Nicht wahr, Herr Commissario?", rechtfertigt sich Stefano.

„Wann genau, haben Sie gesagt, kommt Maria nun zurück?"

„Soweit ich weiß, kommt sie am Donnerstag zurück."

„Und haben Sie eine Telefonnummer für den Fall der Fälle?"

„Ja, die habe ich ihrem Sergenten schon gegeben. Aber anscheinend hat sie das Telefon ausgemacht. Sie wissen, die hohen Telefongebühren. Die sind ihr vielleicht zu hoch. Aber am Donnerstag wird sie kommen. Soll ich ihr sofort Bescheid geben?"

„Danke für ihre Unterstützung und für das Gespräch. Wenn ihnen noch etwas einfallen sollte, kommen Sie bitte unverzüglich zu uns!", beendet der Commissario das offizielle Gespräch. „Bitte warten Sie noch einen Moment. Wir drucken das Protokoll aus und bitten Sie, es zu unterschreiben. Der Sergente wird es ihnen in einer Minute bringen. Einen schönen Tag noch!", verabschiedet sich der Commissario.

Auf dem Gang der Polizeistation trifft der Commissario den Questore.

„Haben Sie einen Moment Zeit, Questore? Ich glaube, wir sind jetzt einen ersten Schritt weiter."

„Endlich! Dann legen sie los."

„Wir haben einen ersten Anhaltspunkt, wo unser Unbekannter in der Nacht von Samstag auf Sonntag übernachtet hat und wo er seinen Wagen geparkt hat. Es war privat bei Maria in der Via delle Montagne. Sie selbst ist in diesen Tagen allerdings nicht zu Hause, sondern kommt erst am Donnerstag von ihrer Fahrt nach Deutschland zurück. Wir prüfen im Moment, ob die Kleidung, die wir in der Wohnung gefunden haben, auch zu unserem Unbekannten passt. Und wir haben schon Kontakt aufgenommen zu der Stadtverwaltung in Frankreich, wo unser Unbekannter wohnte und gemeldet ist. Die große Frage, die sich mir noch stellt, ist, wie das alles zusammenhängt. Da kommt er aus Frankreich in der Nacht zuvor an. Verabredet sich mit Jemandem in aller

Herrgottsfrühe. Es ist so organisiert, dass keiner ihn sieht. Da spüre ich einen kalten Plan", fasst der Commissario seine Gedanken zusammen.

„Immerhin ein erster Schritt, Commissario. Doch lassen Sie ihre Gedanken, dass nur wenige Personen in dieser Welt aus ihrer Sicht alles falsch machen, bitte in ihrem Kopf und machen Sie ihre Arbeit. Keine schnellen Anschuldigungen an irgendjemanden, bevor wir nichts Genaues wissen. Ist das klar? Und bitte halten Sie mich informiert", erinnert ihn der Questore an die früheren Gespräche. „Gut gemacht! Weiter so!", lobt er den Commissario zum Schluss der Unterredung.

Gino geht in sein Büro und bittet Fabio, zu ihm zu kommen. Er möchte wissen, was die Untersuchungen zur Bekleidung und zum Reisegepäck des unbekannten Toten ergeben haben.

„Fabio, komm herein. Was habt ihr schon ermitteln können?"

„Volltreffer! Die Bekleidung passt genau zu unserem Unbekannten. Die Bekleidungsgröße und auch die Marken seiner Wäsche. Interessant ist, dass er auch sein ganzes Essen und Trinken mitgebracht hat. Da musste er nicht einkaufen gehen. Und im Kühlschrank, du wirst es nicht

erraten, ist fast nichts drin. Und in der Gefrier-
truhe war nur ein Behälter mit Eis aus unserer
Casa del Dolce. Fior d'Arancio. Gefunden haben
wir auch seinen Geldbeutel und alle seine
Dokumente: Reisepass, Führerschein, Kranken-
versicherung, Kreditkarten und auch Bargeld. Er
hieß Jacques. Anscheinend hatte er die Dokumente für seinen Termin nicht gebraucht. Interessant ist noch eine Sache. Die Sachen zum Essen
hätten wahrscheinlich nur noch für eine Mahlzeit
gereicht. Demzufolge hätte er entweder Essen
gehen müssen oder einkaufen gehen oder er hatte
seinen Rückweg noch am Sonntagmorgen geplant", fasst Fabio seine Erkenntnisse aus der
Untersuchung des Gepäcks zusammen.

„Konntet ihr das Einwohnermeldeamt in
Frankreich bislang schon erreichen?", fragt der
Commissario.

„Ja, das haben wir. Er wohnte in einem kleinen
Ort im Südosten von Frankreich. Seit gut
zwanzig Jahren wohnte er dort. Er arbeitete in
einer kleinen örtlichen Maschinenfabrik. Er war
verheiratet; doch vor zwei Jahren ist seine Frau
im Alter von achtunddreißig Jahren an einer
Krankheit gestorben. Seine verstorbene Frau hieß
Marta und wurde im selben Ort geboren wie er.
Und jetzt kommt's. Ihre Eltern haben bis vor
vierzig Jahren hier bei uns im Ort gewohnt und

sind dann in Richtung Frankreich ausgewandert. Ihr Vater war Maschinenarbeiter und er fand später Arbeit dort. Ihre Mutter war Hausfrau und und hat nur halbtags gearbeitet. Sie sind beide schon vor Jahren verstorben und dort in Frankreich beerdigt worden", so Fabio.

„Ich habe immer geahnt, dass das alles kein Zufall ist. Und ich bin sicher, dass ...", doch der Commissario wird kurz unterbrochen.

„Dottor Lino hat angerufen. Er wird die Obduktion heute Nachmittag vornehmen und uns dann entweder am frühen Abend oder morgen früh informieren", platzt Oreste in das Gespräch des Commissarios.

„Ich glaube fest daran, dass wir am Donnerstag oder Freitag nach dem Gespräch mit Maria wieder einen Schritt weiterkommen können", prognostiziert Fabio.

„Ich setze auch ein bisschen auf die Obduktion", ergänzt der Commissario. „Und auf die alten Beziehungen von Marta in unseren Ort", formuliert der Commissario vielseitig, ohne konkret zu werden.

(7) Die Obduktion

Dottor Lino hat es endlich geschafft. Die Obduktion ist abgeschlossen.

„Ein gesunder junger Mann. Gut durchtrainiert, leicht muskulös, schlank, gepflegt und auch seine Zähne in gutem Zustand. Als Arzt wäre ich stolz auf seine Lebensführung. Getötet hat ihn ein glatter Durchschuss durch die Brust. Der Schuss ging mitten durchs Herz. Er muss sofort tot gewesen sein. Der Schusskanal geht von der Brust aus leicht schräg nach oben. Ein glatter Durchschuss. Die Kugel hat allerdings ein riesen Loch hinterlassen. Die Schmauchspuren finden sich in der Decke. Interessant ist noch ein Detail: die Schmauchspuren enthalten ungemein viel Schwarzpulver. So etwas gibt's gar nicht mehr. Das muss sich um eine ältere Waffe handeln und demzufolge auch eine ältere Patrone. Wie durch ein Wunder ist sie nicht an einem Knochen hängen geblieben. Ansonsten hätte ich dir mehr sagen können. Doch so ist die Kugel am Rücken wieder ausgetreten. Die Patrone hat dabei vieles im Brustkorb zerfetzt. Dies lässt auf ein weiches Material bei der Kugel schließen. Vom Kaliber her würde ich sagen, dass es etwa neun Millimeter sein können. Soweit zu den äußeren Merkmalen. Im Magen des Toten hat sich nicht viel befunden. Ich würde sagen, es ist ein halb verdautes Brot und Speiseeis. Reicht dir das, Gino?"

„Danke, Lino. Das passt alles zusammen. Doch deine Aussage zum Schwarzpulver hätte ich nicht vermutet. Bei der Decke war ich mir ziemlich sicher."

„Gino, wegen des Schusskanals kann es auch eine kleinere Person gewesen sein. Es kann auch eine größere Person gewesen sein, die leicht aus der Hüfte schießt. Auf alle Fälle kennt sich unser Mörder mit Waffen aus und er weiß, wo das Herz sitzt", bestätigt der Dottore.

„Die Sache mit dem Herzen bringt uns nicht weiter. Doch die Sache mit der Waffe, das denke ich schon", greift der Commissario den Gedanken seines Freundes Lino auf.

(8) Fior d'Arancio

„Eine gute Eissorte, dieses Fior d'Arancio", murmelt der Commissario vor sich hin. „Für ein Frühstück am Sonntagmorgen nicht gerade viel. Doch anscheinend hat es ihm sehr gut geschmeckt. Oreste, bitte bringen Sie in Erfahrung, wo wir hier im Ort diese sehr gute Eissorte überall kaufen können."

„Den Auftrag übernehme ich mit Freuden. Und zwar sofort. Das ist endlich ein Auftrag, den ich liebe!", strahlt der Sergente den Commissario über alle Maßen an.

„Viel Erfolg!", ruft der Commissario Oreste hinterher.

Der Sergente macht sich auch sofort an die Arbeit. In seinem Büro hingegen fängt der Commissario an, die einzelnen ersten kleinen Fäden der bisherigen Ermittlungsarbeit zusammen zu binden.

„Vor vierzig Jahren verlässt die Familie den Ort und beginnt ein neues Leben in Frankreich. Ihre Tochter Marta wird dort geboren und heiratet später Jacques. Sie leben und arbeiten dort und vor zwei Jahren stirbt die Ehefrau an einer Krankheit. Im Jahr darauf ist unser unbekannter Toter das erste Mal zurück hier im Ort. Und dann kommt er noch einmal zurück, um sich mit Jemandem zu treffen. Die Uhrzeit und die Anreise sind so organisiert, dass keiner es wissen soll. Alles komisch. Nein, alles geplant!", grübelt der Commissario so vor sich hin.

Am nächsten Morgen bittet der Commissario den Sergenten zu sich ins Büro.

„Tut mir leid, Commissario. Oreste hat sich heute Morgen krankgemeldet. Ihm geht es nicht gut. Er hat irgendwas von Bauchschmerzen und zu viel Eis gesagt", entschuldigt ihn Michele.

„Zu viel Eis. Er sollte doch nur recherchieren, wo man eine bestimmte Eissorte kaufen kann. Komisch. Ist er zu Hause jetzt telefonisch erreichbar?", will der Commissario wissen.

„Ich denke schon. Er hat sich ja gerade telefonisch krankgemeldet."

„Dann verbinden Sie mich bitte mit ihm."

„Guten Morgen, Oreste. Was ist passiert?", will der Commissario wissen.

„Tut mir leid, Commissario. Sie haben mir doch den Auftrag gegeben. Sie wissen doch, den Auftrag mit dem Eis. Und dann bin ich auch sofort losgegangen, um das zu recherchieren. Und da wollte ich natürlich nicht nur Fragen stellen, sondern habe auch jeweils eine kleine Kugel Eis gegessen. Vielleicht waren es ein paar Fragen zu viel. Commissario, wir haben einfach zu viele Eisdielen. Sie wissen, was ich meine", rechtfertigt sich der Sergente ganz demütig.

„Ich weiß, was Sie meinen. Ich weiß das auch. Nur sagen dürfen wir dies bis jetzt noch nicht. Erst wenn wir Beweise haben", bleibt der Commissario der klaren Linie seines Vorgesetzten treu.

„Commissario. Doch ich habe auch ein eindeutiges Ergebnis. Es gibt nur eine einzige Eisdiele, wo man Fior d'Arancio kaufen kann. Im *Casa del Dolce*."

„Dann haben sich ihre umfangreichen Recherchen und Bauchschmerzen ja gelohnt, oder?", scherzt der Commissario. „Schaffen Sie es morgen, wieder zur Arbeit zu kommen?"

„Auf alle Fälle. Danke für ihr Verständnis", verabschiedet sich der Sergente mit immer noch leicht demütigem Ton.

Am späten Nachmittag machen Gino und seine Frau Anna einen kleinen Ausflug mit ihren Freunden. Es sind Angelo mit seiner Frau Carina, Filippo mit seiner Frau Monica, Primo mit seiner Frau Palma und Lucio mit seiner Frau Alessia. Sie haben sich entschieden, vor den Toren von Asiago an der Eröffnung der neu umgebauten Berghütte teilzunehmen.

„Bin so richtig gespannt, wie sie es eingerichtet haben", will Carina wissen.

„Auch was sie sich als Angebot und besondere Spezialität haben einfallen lassen", ergänzt Alessia.

„Hauptsache, sie machen es so richtig gut", gibt sich Anna optimistisch.

„Ein bisschen Anspruch sollte es aber schon sein!", gibt auch Lucio seine Meinung ab.

„Für dich ist doch nur wichtig, dass es keine Brioches gibt, oder?", hinterfragt Gino kritisch.

„Nein, so ist es auch wieder nicht. Doch wenn wir von den Aktionsgeschäften wegwollen, dann muss bei Neueröffnungen ab jetzt immer auch ein Stück Regionales und Wertiges dabei sein. Ansonsten kommen wieder die Aktionen und Rabatte. Und dann beschwert ihr euch wieder", verteidigt Lucio seinen Standpunkt.

„Da bin ich bei dir. Ohne gute regionale Alternativen kommen die kleinen Preise!", weiß Filippo aus eigener Erfahrung.

„Genau, wenn du nicht mehr weiterweißt, dann dreh am Preis", zeigt Angelo sein ganzes händlerisches Allgemeinwissen.

„Wichtig ist doch, dass die Hütte und deren Betreiber gute Ideen herzaubern. Auch neue Ideen und ein bisschen Abwechslung. Spannend sollte es auch sein. Und zum Wohlfühlen einladen. Dann wird es laufen. Bedenkt doch mal die alte Hütte. Da war ja gar nichts mehr los", weiß Alessia zu berichten.

„Und am Ende war sie dann ganz tot", ergänzt Anna. „Wir sind auch gar nicht mehr hingegangen, oder?"

Nach der Eröffnung sind alle mehr als positiv überrascht. Und die Betreiber zeigen sich modern und sehr aufgeschlossen. Sogar eine kleine Experimentierbar für die Gäste haben sie eingerichtet. Hier können diese unter Anleitung eines Kochs selbst ihre Speisen zubereiten. Oder er bereitet die Speisen vor den Augen der Gäste ganz frisch zu. Alle sind davon begeistert. Sichtlich zufrieden gehen sie nach diesem unvergesslichen Erlebnis zurück nach Hause.

„Es geht auch ohne die hundertste Eisdiele, nicht wahr?", sieht sich Gino in seinem Werturteil bestätigt. „Endlich kommen wieder gute Ideen zurück und die Monotonie der Bars verschwindet. Ich könnte fast optimistisch in die Zukunft schauen."

„Nun warte erst mal ab. Und vergiss nicht, zuerst deinen Mörder zu fassen!", erinnert ihn Anna an seine vorrangige Aufgabe.

Die Früchte der Natur   © *Darr 2018*

(9) Der Tote und die Vergangenheit

Am nächsten Tag beginnt der Commissario damit, weitere Hintergründe der schrecklichen Tat zu ermitteln. Er ist sich sehr sicher, dass die Rückkehr von Jacques kein Zufall war. Doch Ansatzpunkte für eventuelle Motive kann er zum gegenwärtigen Zeitpunkt nicht erkennen. Zudem erinnert er sich noch allzu gut an das kühle Gespräch mit dem hiesigen Bürgermeister und seinem Questore.

„Da müssen wir einen Weg finden. Es hilft nichts. Nur mit Behauptungen laufen wir vor eine Wand. Und zwar eine ganz dicke Wand!", versucht der Commissario zusammen mit dem Sergenten, Ideen für die nächsten Schritte zu entwickeln.

„Wenn Sie recht haben, Commissario, dann lassen Sie uns doch diejenigen befragen, die damals gelebt haben", schlägt der Sergente vor.

„Da sind wir ja mehr auf dem örtlichen Friedhof als in unserer Polizeistation", prognostiziert der Commissario.

„Ganz so schlimm ist es auch nicht. Ein paar Leute von damals leben ja noch", bietet der Sergente an. „Ich denke da zum Beispiel an Massimo, den Vater des Journalisten Sergio. Der weiß bestimmt alles, was damals passiert ist. Irgendwie war der immer in der Mitte dabei."

„In der Mitte dabei. Ja, das stimmt. Doch er hat sich immer sehr zurückgehalten, wenn es um Aufklärung ging."

„Lassen Sie es mich einmal probieren. Ich spreche mit Sergio. Und ich werde ihn bitten, dass wir mit seinem Vater darüber offen sprechen können. Mal sehen. Vielleicht ergibt sich was."

Der Sergente fühlt sich ein bisschen in der Pflicht, nachdem der Auftrag mit den Eisdielen ihm irgendwie auf den Magen geschlagen ist. Er sucht anschließend seinen Freund Sergio auf.

„Grüß dich, Sergio."

„Ciao, Oreste. Wie geht's?"

„Sergio, schön, dich zu sehen. Nun, ich sag es dir offen heraus. Wir stecken ein bisschen in der Klemme. Wir wissen zwar, wer der Tote war. Doch wieso, weshalb, warum? Da schauen wir in ein schwarzes Loch", gibt Oreste freimütig den Stand der Ermittlungen gegenüber seinem Freund zu. „Schreiben kannst du das natürlich nicht. Aber wir haben eine Idee. Wir vermuten, dass die Gründe viele Jahre zurückliegen. Sehr viele Jahre sogar."

„Ach, schon wieder diese Geschichte. Der Commissario kommt davon irgendwie auch nicht los. Und jetzt glaubt ihr, einen neuen Anlauf zu starten. Du kennst doch die Weisheit der Dakota Indianer. Wenn dein Pferd tot ist, dann steige ab."

„Mag sein, Sergio. Doch wenn dein Pferd tot ist, musst du dir ein neues Pferd suchen. Es muss ja irgendwie weitergehen. Oder haben da die Dakota Indianer nicht weitergedacht als bis zum Absteigen?", kontert Oreste.

„Also, spuck es aus. Was habt ihr für eine grandiose Idee? Und wie kann gerade ich euch dabei helfen?", nimmt Sergio den Hilferuf seines Freundes Oreste nun doch wohlwollend entgegen.

„Wir haben dabei an deinen Vater gedacht. Der hat doch damals alles mitgekriegt. Und er war immer irgendwie mittendrin, nicht wahr?", beginnt Oreste, seinen Vorschlag zu erläutern.

„Mittendrin. Da hast du den Nagel auf den Kopf getroffen. Doch die Musik lief woanders. Und das weißt du auch."

„Es geht um Mord, Sergio. Und nicht um ein Stückchen verletzte Ehre."

„Und was genau stellt ihr euch vor?", will er nun wissen.

„Frag deinen Vater, ob er heute mit unserem Commissario offen über diese Zeit sprechen will. Ihn interessieren im Wesentlichen die Hintergründe zur Familie und den Eltern von Marta. Die sind vor vierzig Jahren ganz plötzlich nach Frankreich umgesiedelt. Sie hatten eigentlich kein Geld. Und stell dir vor, dass sie in eine Region ziehen, die sie nicht kennen. Wir denken, sprich der Commissario denkt, dass da etwas gewesen sein muss. Dann stell dir weiter vor, dass zwei Jahre nach dem Tod von Marta, ihr Ehemann sich zu einer seltsamen Zeit und ganz geheimnisvoll mit Jemandem gerade hier trifft, um irgendwas zu tun. Und da denken wir, liegen die Gründe vielleicht in der Vergangenheit."

„Ich will ihn gerne fragen. Doch seid nicht zu optimistisch", dämpft Sergio die Erwartungen. „Ich melde mich. Ich tue, was ich kann. Verlass dich drauf!", verabschiedet er sich von seinem besten Freund.

Am nächsten Tag klingelt das Telefon von Oreste schon am frühen Morgen.

„Sergio, schön dass du dich meldest. Gibt's gute Neuigkeiten?"

„Ich war selbst ein bisschen skeptisch. Doch irgendwie scheint ihn da etwas aus der Vergangenheit zu bewegen. Das ist mir völlig neu.

Vielleicht habt ihr wirklich recht. Sag deinem Commissario, dass er um fünf Uhr heute Nachmittag auf die Polizeistation kommt. Ok?"

„Gib mir eine Minute Zeit, um den Termin zu bestätigen", gibt Oreste eine kurze Antwort zurück.

Am späten Nachmittag kommt Massimo, der Vater von Sergio, in die Polizeistation, um sich mit dem Commissario zu treffen.

„Guten Tag, meine Herren", begrüßt Massimo Gino und Oreste.

„Ich bin überglücklich, dass Sie hier sind", beginnt der Commissario das Gespräch. „Sie wissen, wie wichtig uns die Aufklärung dieses Mordes ist. Wir wollen auch keine Hetzjagd gegen Irgendjemanden führen. Doch einer war es. Und den wollen wir finden. Vielleicht können Sie uns dabei helfen?", versucht Gino ein letztes Stück an Motivation zur Zusammenarbeit bei Massimo zu erzeugen.

„Das weiß ich, Commissario. Es fällt mir auch immer noch nicht leicht, über diese Zeit zu reden. Die Zeit war alles andere als lustig. Und wenn Sie sich vorstellen, wie lange diese Zeit gedauert hat und welche Wunden sie geschlagen hat, dann können Sie nicht erwarten, dass alle das ganz schnell vergessen. Nein, da ist so manche Wunde noch sehr tief."

„Massimo, lassen Sie mich ein Stück erklären, wieso Sie uns helfen können. Also, es kommt der Ehemann von Marta, Jacques, zwei Jahre nach ihrem Tod hierher zu uns. Er quartiert sich bei Maria ein, die er zuvor schon einmal getroffen hat und die genau in dieser Zeit auf Reisen ist. Jacques tut alles, um seinen Aufenthalt zu verheimlichen. Er bringt das Essen mit, kommt zu einer Zeit hier an, zu der er nicht gesehen werden will und plant seine Abreise so, dass er auch keinen treffen muss. Und trifft sich zu einer Zeit, zu der nachweislich keiner, fast keiner, auf der Straße ist. Mit etwas Mühe haben wir ermitteln können, wer der Tote war und wer seine Familie war", fasst der Commissario seine Erkenntnisse knapp zusammen. „Und wir vermuten, dass das Motiv eine lange Vorgeschichte hat."

„Ja, Sie sind bei uns ein bisschen bekannt dafür, lieber Commissario, dass Sie wie Don Quichotte gegen die Großbauern des Ortes ziehen. Doch ein Stück stimmt es sogar. Stellen Sie sich vor, dass nach dem Krieg alle Bürger Hunger hatten. Es gab wenig zu essen und noch weniger Arbeit. Und Aussicht auf Besserung war nicht in Sicht. Und die Regierung? Die war ganz weit weg. Und dann gab es eine kleine Gruppe an

Bauern, die eine kluge Idee hatten. Und diese Gruppe hatte auch noch einen Verbündeten, den heutigen Bürgermeister. Und die Idee war ganz simpel: Die Bauern hatten damals ein großes Stück Land. Und eine ganze Menge Leute hier im Ort hatten auch ein bisschen Land. Aber keine Arbeit. Und da hatten ein paar Bauern die grandiose Idee, dass sie von den anderen das Land abkauften. Und dafür haben sie den Verkäufern auf ihrem Bauernhof Arbeit angeboten. Entweder auf dem Feld oder in der Verarbeitung oder in der Werkstatt. Das war insgesamt keine schlechte Idee. Zugegeben, der Verkaufspreis war gering und der spätere Lohn war auch sehr mager. Doch mit ein bisschen Geld und einer kleinen Beschäftigung konnten sich viele über Wasser halten. Das war nicht das Problem. Die Spannung kam erst auf, als sich alles auf eine sehr kleine Gruppe an Großbauern konzentrierte. Die hatten auf einmal alles und alle anderen hat nichts. Und die ließen auch keinen mehr nach oben kommen. Und dann kam der wirtschaftliche Aufschwung. Ganz langsam, aber er kam. Und dann haben diese Bauern aus dem Weideland Bauland gemacht. Dafür brauchten sie die Gemeinde, sprich den Bürgermeister. Und der Bürgermeister war der größte Bauunternehmer am Ort. Muss ich da weiterreden? Ich denke, nein. Und dann haben sie regiert wie die Könige und alle fast wie ihre Leibeigenen behandelt. Und das Geld kam von den Touristen. Entweder haben sie die Eigentumswohnung gekauft oder sie kamen am Wochenende oder in den Sommerferien und haben die Wohnungen gemietet. Und diese Gruppe an Bauern und der Bürgermeister sind sehr reich geworden. Sehr sogar. Und die anderen. Nichts. Gar nichts. Der einzige Unterschied war, dass man jetzt nicht mehr im Stall gearbeitet hat, sondern auf dem Bau, in der Immobilienagentur, in der Bar oder als Aushilfe im Restaurant. Und die Möglichkeit nach vorne zu kommen war ohne Grund und Boden nicht mehr zu leisten. Das ist damals so passiert. Und ihre Geschichte, Herr Commissario, mit der Natur ist nur ein kleiner Nebeneffekt. Der ist meines Erachtens gar nicht wichtig. Ja, der Effekt ist da. Doch die Geschichte dahinter ist eine ganz andere."

„Und warum wird darüber nicht gesprochen?"

„Wer soll darüber sprechen? Unsere Großbauern? Unser Bürgermeister? Die Betroffenen? Jeder, der sich da geäußert hat, ist irgendwie verschwunden. Anscheinend gab es da ein Abkommen. Keiner weiß das so genau. Fest steht nur, dass keiner sich traut, auch nur ein Sterbenswörtchen zu sagen. Jetzt wo ich alt bin, kann ich es tun. Doch ändern kann auch ich nichts mehr. Leider."

„Das weiß ich, Massimo. Jeder hat das mitbekommen, wie es damals abgelaufen ist. Und alle haben geschwiegen. Doch was war genau mit den Eltern von Marta?", will der Commissario nun wissen.

„Ja, die Eltern von Marta. Mauro und Emma. Die beiden. Irgendwann sind sie auf einmal nach Frankreich gezogen. Keiner weiß warum. Doch ich habe da eine leider dunkle Erinnerung. Mauro kam hier aus dem Ort. Und Emma und ihre Eltern kamen aus einem Kurort der Nachbarprovinz. Irgendwie hat es Emma dann zu uns verschlagen. Ich hatte die Wohnung nebenan. Von daher weiß ich vielleicht ein bisschen. Ich weiß nur, dass Mauro manchmal sehr traurig war. Sehr traurig! Klar, da hat er, wie die anderen, auf einem Bauernhof gearbeitet und immerhin hatte er eine Beschäftigung. Er war beim Bauern Vittorio beschäftigt. Und so richtig über die Runden sind die beiden nicht gekommen. Und ich habe immer vermutet, dass Emma noch eine zweite Beschäftigung hatte. Denn immer dann, wenn unsere Bäuerin, unsere Edda, auf Reisen war, dann hat sich ihr Bauer, unser Vittorio, ganz besonders um Emma gekümmert. Und am Tag danach war Mauro immer sehr traurig und der Kühlschrank war voll. Gesprochen haben sie darüber nie. Doch geahnt habe ich etwas. Sie wissen, was ich meine, Herr Commissario. Dann wird Emma auf einmal schwanger. Und ganz plötzlich haben sie ihre Wohnung hier verkauft und sind nach Frankreich gegangen. Von heute auf morgen. Einfach weg. Ich dachte erst, dass denen etwas passiert ist. Denn an diesem Tag blieben alle Fenster zu. Doch sie sind ausgezogen. Einfach weg. Und da habe ich eine Vermutung. Aber auch nur eine Vermutung. Sie haben Geld von Vittorio bekommen. Und wofür? Vielleicht ist das Kind gar nicht von Mauro. Vielleicht ist es von Vittorio. Vielleicht? Doch die Umstände und das ganze Drumherum haben mich das immer denken lassen", schildert leicht schwermütig Massimo seine Erinnerungen. „Und jetzt sind alle tot. Mauro, Emma, Marta und auch ihr Ehemann Jacques. Vorher konnte ich dies keinem erzählen. Jetzt ja! Wo alles zu spät ist und alle tot sind. Vielleicht gibt es mindestens noch Gerechtigkeit im Himmel."

„Danke, Massimo. Vielleicht sogar auf Erden. Danke, dass Sie die Kraft gefunden haben, nach so langer Zeit über diese Sache zu sprechen. Die Geschichte mit den Großbauern habe ich natürlich in meiner Jugend persönlich miterleben dürfen. Ich habe auch mitbekommen, dass die wenigen Bauern immer reicher und die meisten aus unserem Ort von dem Aufschwung nichts mitbekommen haben. Die Kräfte des Marktes haben damals brutal gewirkt. Es gab leider nur wenige Gewinner und viele Verlierer. Die Natur zählt für mich irgendwie auch zu den Verlierern. Doch Mord ist etwas anderes. Da zählt nur das Gesetz. Danke, Massimo, denn die Geschichte mit den Eltern von Marta wusste ich noch nicht."

„Commissario, leider sind wir noch nicht im Ziel", wirft der Sergente ein. „Wir haben nur eine Vermutung. Und noch keinen Beweis."

„Massimo, der Sergente hat recht. Kennen Sie jemanden, der uns dabei helfen kann?"

„Unser damaliger Dottore. Dottor Claudio. Er ist zwar schon sehr alt. Doch vielleicht erinnert er sich noch?"

„Wissen Sie, wo wir ihn finden?"

„Sie finden ihn im hiesigen Altersheim. In der Via del Bosco", gibt Massimo kurz zurück.

„Danke, Massimo. Oreste, wir gehen sofort. Die Sache lässt mich nicht los."

Der Commissario und der Sergente machen sich auf den Weg ins Altersheim und fragen am Eingang nach Dottor Claudio. Die Schwester deutet auf den sonnigen Garten und begleitet die beiden zu einem schattigen Platz unter einem großen Laubbaum.

„Dottor Claudio?", fragt der Commissario.

„Ja, der bin ich. Wer sind Sie? Und wie kann ich ihnen helfen?"

„Ich bin Gino, der Commissario, und dies ist Sergente Oreste. Wir suchen den Mörder des Opfers auf unserer Piazza. Und vielleicht können Sie uns helfen?", beginnt er das Gespräch.

„Na, da bin ich aber mal gespannt. Gesehen habe ich absolut nichts. Und ehrlich gesagt, Herr Commissario, ich war es nicht. Können Sie mir dies glauben?"

Der Commissario lacht, erzählt dann die Hintergründe und kommentiert auch die Vermutung von Massimo.

„Können Sie uns hier helfen? Wissen Sie da mehr?"

„Das ist lange her, Herr Commissario. Sehr lange her. Ja, Emma war meine Patienten. Und Sie wissen, dass ich darüber nicht sprechen darf."

„Es geht um Mord. Und alle Beteiligten sind tot. Nur der Mörder läuft noch frei herum. Brauchen Sie einen richterlichen Beschluss?", drängt der Commissario auf eine schnelle Antwort.

„Das einzige, was ich ihnen sagen kann, Commissario, ist, dass Mauro nicht der Vater sein kann. Auch er war mein Patient. Er hatte eine Krankheit und konnte nie Vater werden. Da bin ich mir sicher. Wer es war, kann ich ihnen nicht sagen. Das ist ihre Aufgabe. Wenn ich mich richtig erinnere, haben sich die beiden, Mauro und Emma, damit abgefunden. Vielleicht sind sie auch deshalb weggezogen. Ich weiß das nicht. Und ich habe mich dies auch nie gefragt. Damals hatten wir einfach andere Sorgen. Sie verstehen, Herr Commissario!", gibt Dottor Claudio doch ein kleines Stück seiner Erinnerungen preis.

„Danke, Dottor Claudio. Ich denke, Sie haben uns ein großes Stück geholfen. Danke noch mal. Und ihnen einen schönen Tag", verabschieden sich der Commissario und der Sergente.

„Alles Gute bei der Mörderjagd."

„Ich habe es geahnt. Nun sind wir einen wirklichen Schritt weiter!", gibt sich Gino sehr zufrieden.

„Naja, das wird nur noch nicht reichen", reklamiert der Sergente.

„Oreste, bevor wir hier weitermachen, haben wir noch eine Sache zu klären. Wenn Jacques mit dem Auto gekommen ist und die Autobahn genommen hat, dann ist er an der Mautstation gefilmt worden. Und dann haben wir die Uhrzeit, wann er gekommen ist. Das müssen wir wissen. Und dann habe ich auch schon eine Idee, wie wir einen Beweis für den plötzlichen Umzug bekommen", blickt Gino zufrieden nach vorn.

Der Sergente macht sich auf den Weg zur Polizeistation und beauftragt seinen Kollegen Michele, die Sache mit der Mautstation zu klären. Es dauert nur kurz und die Antwort liegt vor.

„Oreste, dass es mit der Antwort so schnell ging, hätte ich nicht gedacht", wundert sich Michele. „Da gibt es eine neue Software und du tippst die Autonummer ein und ein paar Minuten später weißt du für das ganze Land, wann dieses Auto eine Mautstation passiert hat. Kein lästiges Durchsuchen von Akten. Kein langes Warten auf Dokumente oder unsortierte Unterlagen."

„Das ist die Digitalisierung, Michele. Big Data nennen es die Experten. Mir ist das ganze allerdings unheimlich. Doch für uns ist es im Moment mehr als hilfreich. Vielleicht hat der Bürgermeister mit seiner Zukunft und Big Data doch eine gute Idee für uns alle. Nur trauen kann ich ihm nicht. Vielleicht verstehe ich es auch einfach nicht", ordnet der Sergente seine unklare Meinung ein. „Also, und wann war es ganz genau?", will er nun den Tag und die Uhrzeit wissen.

„Einmal? Du wirst dich wundern, Oreste. Es war in den letzten sieben Jahren siebenmal. Einmal im Jahr. Und immer am ersten Wochenende im Juni. Freitagnacht. Er hat die ganze Strecke von Frankreich bis Asiago immer im gleichen Rhythmus gemacht. Nur dieses Jahr kam er erst am Samstag spät Nachmittag. Und die Rückfahrt war allerdings immer am Sonntag. Sonntag früh", schildert Michele seine Auswertungen.

„Frage bitte bei den französischen Kollegen, welches Auto er vorher hatte. Das klingt mir so, als ob er das jedes Jahr gemacht hat. Lass uns mal ermitteln, ob er diese Tour nur in den sieben Jahren oder mit einem älteren Auto davor mehrfach auch schon gemacht hat", entwickelt Oreste einen Gedanken, der für ihn vor ein paar Minuten noch undenkbar gewesen wäre.

„Mache ich, Oreste. Ich kümmere mich gleich im Anschluss darum."

Im Büro des Commissarios wird dieser Gedanke mit Oreste und Michele sofort diskutiert.

„Das ist seltsam. Und keiner hat's gemerkt. Alles heimlich. Alles im Dunkeln. Klar, es hat nie einen Toten gegeben. Versuchen wir mal ein bisschen Licht hineinzubringen", motiviert sich der Commissario. „Fangen wir an zu überlegen, was am ersten Wochenende im Juni so alles stattfindet. Ich glaube nicht an Zufälle. Das hat mit Sicherheit einen Grund. Und vielleicht gibt's auch einen Zusammenhang zu meiner Idee mit dem Umzug."

„Was ist das für eine Idee?", gibt sich Michele sehr neugierig.

„Ich glaube nicht, dass jemand von Frankreich hierherfährt, dann mitten in der Nacht hier ankommt und am Sonntag früh zurückfährt, nur um sich unseren schönen Ort und unsere große Piazza in aller Frühe anzugucken. Ich denke, dass es einmal im Jahr eine geschäftliche Abwicklung und eine Geldübergabe gegeben hat. Und zwar persönlich. So, dass es keiner mitkriegt."

„Und wer soll das nicht mitkriegen? Bei den ganzen Touristen fällt doch einer mehr oder weniger überhaupt nicht auf", kontert Oreste.

„Das stimmt. Daran habe ich noch gar nicht gedacht. Daher stellt sich die Frage, vor wem oder was wird diese Heimlichtuerei eigentlich betrieben?", gibt der Commissario dem Sergenten mit dieser Frage recht. „Vielleicht finden wir die Antwort, wenn wir wissen, was Anfang Juni immer passiert. Also Oreste, auf zur nächsten Recherche. Ich verfolge im Moment noch eine andere Idee. Und dann sollte Maria auch aus

Deutschland wieder zurückkommen, oder? Michele, ist sie schon wieder hier?"

„Ich kümmere mich darum, Commissario."

„Jetzt ist der richtige Moment für eine gute Mittagspause", denkt sich der Commissario und ruft seine Frau an.

„Anna, was hältst du davon, wenn wir heute Mittag ins *Bianca*, unser Lieblingsrestaurant, gehen?", schlägt Gino seiner Frau vor.

„Gino, besser heute Abend. Ich habe schon was vorbereitet. Und Silvia kommt gleich aus der Schule. Doch heute Abend wäre sehr schön. Das passt gut. Und in unserem *Bianca* gefällt es mir seit unserer Hochzeit immer wieder aufs Neue. Schön, dass du trotz allem Stress noch an mich denkst. Kommst du gleich zum Mittagessen?"

„Heute Abend, wunderbar. Ich bin in einer Viertelstunde zu Hause. Bis gleich."

Kurze Zeit später ist Gino zu Hause und auf der Sonnenterrasse hat Anna den Tisch reichhaltig gedeckt.

„Ein fast perfekter Tag", beginnt er zu schwärmen.

„Wieso fast? Du bist zu Hause bei der Familie. Da ist es ein perfekter Tag, nicht wahr? Oder denkst du schon wieder an die Arbeit?", kontert Anna die Begrüßung von Gino.

„Das ‚fast' bezieht sich auf die Arbeit und das ‚perfekt' auf unser Zuhause", baut Gino noch schnell eine Brücke.

„Das ist die einzig richtige Antwort. Aber warum nur fast?", will es Anna nun genau wissen.

„Wir sind irgendwie einen Meter weitergekommen. Wir wissen nun, dass der einzige Unterschied diesmal war, dass Jacques erschossen wurde. Ansonsten hat das ganze Spiel jedes Jahr stattgefunden. Und ich bin mir ziemlich sicher, dass sein Auto sieben Jahre alt ist. Und er vorher mit einem anderen Auto schon immer diese Tour gemacht hat. Trotzdem, wir haben noch nicht den Mörder. Und wir haben auch noch kein Motiv. Vielleicht haben wir eine Idee. Doch wenn ich ehrlich bin, ist es mehr eine neblige Vorstellung von etwas Unkonkretem."

Am späten Nachmittag kreisen die Gedanken des Commissarios wieder um das Motiv und die Reisen Anfang Juni. Er versucht, die Geschichte hinter der Geschichte zu ergründen.

„Commissario, wir haben jetzt auch die Bilder von der Mautstation bekommen. Bis vor zwei Jahren sind Marta und Jacques zusammen zu uns gekommen. Im letzten und diesem Jahr kam er alleine. Die Anfrage zu seinem älteren Auto läuft und das dürften wir auch bis heute Nachmittag wissen", berichtet der Sergente voller Stolz.

„Lassen Sie mich raten, Oreste. Ein anderes Auto und jedes Mal die gleiche Tour. Die erste Frage ist nur, wann das angefangen hat? Und die spannende Frage ist, warum es diesmal tödlich endete?", versucht der Commissario seine Gedanken erneut zu bündeln.

„Maria kann uns da sehr wahrscheinlich weiterhelfen. Hoffentlich. Morgen soll sie zurück sein. Stefano, ihr Nachbar, will uns sofort benachrichtigen", gibt sich der Sergente in dieser Sache sehr organisiert.

„Schön, sehr schön. Ich gehe derweil einmal zur Bank. Mal sehen, was sich da ergibt. Bleiben Sie bitte am Ball mit den Veranstaltungen Anfang Juni", verabschiedet sich Gino von Oreste.

Der Commissario trifft sich nun mit Bruno, dem Direktor der größten ansässigen Sparkasse und erläutert in der gebotenen Kürze den Stand der Ermittlungen.

„Direttore, Sie können uns helfen. Und ich will ehrlich sein. Wir haben bisher nur einen vagen Verdacht. Und Sie können mir helfen, diesen vagen Verdacht zu erhärten. Ich müsste wissen, ob es in der ersten Juniwoche jedes Jahr größere Barabhebungen gegeben hat. Und wenn ja, von wem. Das perfekte Ergebnis wäre, wenn es sich nur um eine Person handeln würde. Können Sie mir da helfen?", schildert der Commissario sein Anliegen.

„Können oder wollen. Ich weiß, dass Sie am Ende mit einem richterlichen Beschluss kommen. Insofern werden wir uns an die Arbeit machen. Doch wir sind datenmäßig noch nicht so perfekt aufgestellt. Kurz gesagt, das wird ein bisschen dauern. Ich hoffe, dass wir ihnen in vierzehn Tagen schon eine erste Antwort für das letzte Jahr geben können."

„Da merkt man den Unterschied. In der Mautstation hat das Ganze ein paar Minuten gedauert. Da ist die digitale Zukunft irgendwie heute schon angekommen", beklagt sich der Commissario indirekt. Innerlich spürt er den Vorteil der Digitalisierung, ohne sich offen auf die Seite des Bürgermeisters stellen zu wollen.

„Ja, Herr Commissario. Mit der Zukunft ist es so eine Sache. Alles geht schneller. Doch ist es auch besser?", versucht der Direttore mit einer Gegenfrage, seine vertraute Welt zu retten.

„Für mich und meine Recherchen auf alle Fälle. Ob es für uns als Gesellschaft besser wird? Das weiß keiner."

„Na, immerhin hat es keinen Einfluss auf ihre Bienen und die Natur", schmunzelt der Direttore den Commissario an.

„Das wissen wir noch nicht genau, Direttore. Das alte System stirbt und das neue System erwacht. Doch vielleicht sind die Ergebnisse die gleichen. Vielleicht sogar noch viel schlimmer. Und das mit den Bienen. Da haben Sie möglicherweise recht. Doch vielleicht sind die Konsequenzen unserer schnellen Digitalisierung noch sehr viel schlimmer und es betrifft nicht nur die Bienen, die vertrieben werden. Vielleicht vertreiben die Daten am Ende uns alle?", sieht der Commissario diese Zukunft weiterhin sehr skeptisch. „Vielleicht geht's auch ohne digitale Daten, Direttore? Die ganz klassische Art und Weise. Vielleicht erinnert sich ein Mitarbeiter? Denn soziale Daten und soziales Wissen sind unseren Computern immer noch überlegen, nicht wahr Direttore? Und vielleicht geht's dann auch schneller als ihre angedachten vierzehn Tage? Ich würde mich freuen, morgen oder übermorgen von ihnen zu hören", bekräftigt der Commissario seine sehr skeptische Grundhaltung zu den neuen Technologien und zur angebotenen Hilfestellung des Direttore im Mordfall auf der heimischen Piazza.

Zurück im Büro auf der Polizeistation erwartet ihn schon der Sergente.

„Wir haben die Antworten zum Auto. Auch die Fotos von der Maut. Commissario, perfekte Prognose! Es ging vor gut zwölf Jahren los. Jedes Jahr in der ersten Juniwoche. Freitags hin und sonntags zurück. Es saßen immer beide im Auto. Im letzten Jahr war er dann allein im Auto", ist der Sergente stolz auf sein Ergebnis. „Und in diesem Jahr am Samstag hin und nie mehr zurück."

„Wenn jetzt der Direttore auch noch schnell ist, dann haben wir vielleicht ein Motiv."

„Dann brauchen wir nur noch eine Tatwaffe, oder?", gibt sich Oreste ein bisschen spitzbübisch.

„Ja, dazu kommen wir auch noch. Doch für heute ist erst mal Feierabend. Und hoffentlich kommt morgen endlich das Gespräch mit Maria zustande. Ich gehe noch schnell zum Questore und halte ihn auf dem Laufenden. Oreste, das haben Sie sehr gut gemacht. Geben Sie den Dank auch an alle weiter, die Sie tatkräftig unterstützt haben. Bis morgen früh!", verabschiedet sich der Commissario und ist in Gedanken schon bei

seiner Familie und einem entspannten Abendessen mit seiner Frau im *Bianca*. Er geht nach
Hause und zusammen fahren sie in ihr Lieblingsrestaurant.

„Schön, dass ihr gekommen seid!", begrüßt
Alan, der Wirt des *Bianca*, seine beiden Gäste,
Anna und Gino, am Empfang. „Katiusha ist auch
da. Sie wird euch sicher gleich begrüßen."

„Wir freuen uns ganz besonders, euch zu
sehen. Was ihr aus dem Restaurant gemacht habt.
Einfach toll! Und wie ich sehe, muss man nun
vorbestellen. So voll ist es mittlerweile."

„Macht euch keine Sorgen. Für Freunde findet
sich immer ein Tisch!"

„Klar, zur Not in der Küche. Mit Schürze und
Messer in der Hand!", scherzt Anna zurück.

„Nein, ganz einfach. Ich habe immer einen
Tisch in der Ecke für besondere Gäste reserviert.
Und es kommt immer einer ganz unvorbereitet.
Seit auch die großen Bosse hier im Ort vorbeikommen, fangen auch die Betriebsfeiern, die
Hochzeiten und Geburtstage an. Es spricht sich
herum. Und mit Matteo in der Küche haben wir
einen super Griff getan. Er hat wirklich zwei
goldene Hände", ist Alan sichtlich stolz auf das
bisher Erreichte.

„Hallo!", beginnt Katiusha, die Wirtin und Freundin von Alan. „Schön, euch zu sehen."

„Ciao, Katiusha. Großartig siehst du wieder aus!", schmeichelt Gino sich ein.

„Habt ihr unsere ganz neue Karte schon gesehen?", fragt Alan mit etwas Stolz. Weißt du schon, was du nehmen wirst, Anna?"

„Glückwunsch. Ihr habt eine wundervolle Karte. Ganz toll gemacht. Lass mich schauen. Könnt ihr etwas besonders empfehlen? Hmm, klingt alles fantastisch. Ich nehme, hmm, ich nehme *Ravioli ripieni alla ricotta di bufala*. Das hört sich sehr gut an. Und danach, hmm, *Tagliata di manzo su letto di rucola*. Und auch ein schönes Glas Rotwein dazu!"

„Na klar. Kommt. Wasser natürlich auch. Und du, Gino?"

„Ich kann mich kaum entscheiden. Also, mich spricht *Bigoli con radicchio trevigiano* ganz besonders an. Und als Hauptgang *Cervo in salmi*. Beim Rotwein bin ich auch dabei. Wir nehmen gleich eine Flasche von unserem Lieblings-Valpolicella. Alan, du weißt schon."

„Klar. Genießt den Abend!", freut sich Alan, dass er den beiden Freunden etwas Gutes tun kann.

„Oh, Gino. Schön, dass es klappt. Mal ohne Büro und ohne die Tochter. Nur wir beide."

„Ohne Büro. Das könnte schwierig werden. Die Gedanken kommen immer irgendwie mit. Doch ich freue mich, dass wir einen Schritt weitergekommen sind. Das entkrampft eine ganze Menge. Auch bei unserem Questore. Und wenn wir jetzt noch mit Maria sprechen und dabei das ein oder andere noch erfahren, dann glaube ich, kommen wir der Sache schon näher."

„Hoffentlich auch dem Mörder."

„Ich glaube schon. Obwohl mir bei jedem Gespräch angeheftet wird, dass ich mich über den Bauwahnsinn hier im Ort richtig aufrege. Doch man riecht es auch. Du gehst durch Asiago und es riecht nach Smog. Und überall Touristen. Alle Parkplätze sind voll. Am Ende besteht unser schöner Ort nur noch aus Bars, Pizzerien, Eisdielen und Fabrikverkäufen. Und jedes Jahr das gleiche. Zu Ostern, zu Pfingsten, zu Weihnachten und im Sommer. Alle warten auf die Touristen oder sollte ich sagen, dass alle auf das Geld der Touristen warten? Und die Natur? Die hat keiner im Blick. Und für die Bienen und die Blumen und das ganze natürliche Drumherum gibt es keinen, der sich dafür so wirklich interessiert. Das ist die Crux. Jetzt kommt noch die Digitalisierung. Naja, erst mal kommen die Smartphones. Danach

dann das schnelle Internet bis zum letzten Gras-
halm und schon wieder kümmert sich keiner um
die Natur. Einfach schrecklich."

„Die Natur liegt dir ganz besonders am
Herzen, Gino, nicht wahr?"

„Du weißt, dass, wenn es die Bienen nicht
gäbe, das Leben auf der Erde wahrscheinlich zu
Ende wäre. Ich glaube, dies werden sie nur dann
merken, wenn es wirklich zu Ende ist. Doch dann
ist es zu spät. Alle denken, dass die Natur einfach
da ist. Kostenlos, immer verfügbar und immer
einsatzbereit! Da kann ich schon verstehen, dass
einem da die Gasrechnung und die Frage des
günstigen Parkplatzes wichtiger sind als die
Schönheit der Natur", gibt Gino seiner Überzeugung glaubhaft Ausdruck. „In letzter Zeit
macht mich allerdings der große Nutzen der Digitalisierung selbst ein bisschen stutzig."

„Das scheint dich sehr zu bewegen. Wegen des
Bürgermeisters?", hinterfragt Anna.

„Nein oder nicht nur. Alles geht schneller und
wir bekommen wertvolle Informationen, die wir
vorher nie bekommen hätten. Wir können am
Ende wirkungsvoller ermitteln. Es hilft irgendwie. Wir merken das. Doch emotional kann ich
dem Ganzen, vor allem dem Bürgermeister, nicht
zustimmen. Da entsteht ein Nutzen und keiner

weiß so richtig, wo die Reise hingeht. Vor allem, wie die zweite Seite der Medaille aussieht. Und das Ganze lebt nur von den kostenlosen Daten. Und wem gehören eigentlich die Daten? Und wer darf diese dann gratis auswerten? Ob es dann eine Rückfahrkarte gibt? Ich kann mir dies gar nicht vorstellen."

„Du bist immer so besorgt, Gino. Glaubst du, dass du etwas ändern könntest?"

„Vielleicht bin ich deshalb so besorgt. Ich komme mir hier sehr machtlos vor."

„Ich finde es immer wieder schön an dir, dass du trotz deiner Sorgen und trotz deiner Ansichten zur Natur dennoch ins praktische Leben zurückfindest. Zu diesem praktischen Leben gehört auch ein Treffen, das ich heute mit Glauko hatte. Du weißt doch, Glauko der Parkettverleger. Ich habe ihn heute beim Metzger getroffen. Ganz zufällig. Und wir wollten doch immer unseren Parkettboden im Wohnzimmer erneuern lassen. Also habe ich ihn gefragt. Morgen Nachmittag will er einmal vorbeikommen und schauen, was zu tun ist. Ich denke, dass er uns auch einen guten Preis machen wird", erläutert Anna ihre neuen Ideen zur Verschönerung der gemeinsamen Wohnung.

„Gut, dass du dich der Sache angenommen hast. Ich glaube, mein Kopf steht mir im Moment ein bisschen woanders. Und bei Glauko bin ich mir sicher, dass es hinterher super aussehen wird. Ich denke, er wird uns auch ein paar Holzproben in Kürze zum Ansehen überlassen, sodass wir den perfekten Farbton wählen können. Oder hast du da schon eine bestimmte Idee?", nimmt Gino Annas Idee auf.

„Das gucken wir uns einfach an und dann werden wir zusammen entscheiden. Doch Silvia dürfen wir auf keinen Fall vergessen, auch wenn sie wahrscheinlich von uns Dreien die wenigste Zeit im Wohnzimmer verbringen wird. Doch Fragen sollten wir sie. Denn sie hat einen sehr guten Geschmack, weißt du?"

„Ja, das ist mir auch schon aufgefallen. Einen sehr guten Geschmack sogar."

In dem Moment kommt Alan mit dem ersten Gang. Das Essen schmeckt wie immer vorzüglich. Gino und Anna tauschen sich über die Wichtigkeiten und Belanglosigkeiten des Tages aus und nach dem Essen fahren sie ganz entspannt nach Hause. Gino trinkt noch ein Glas Grappa seiner Lieblingssorte, den „Grappa e Goccia di Miele", und die beiden gehen zufrieden und seelisch ausgeglichen zu Bett.

„Gute Nacht."

„Gute Nacht. Schlaf gut. Bis morgen früh."

(10) Die Motive sind keine Unbekannten

Gino nutzt den wunderschönen sommerlichen Morgen für eine kleine Runde durch die Stadt. Auf dem Weg darf natürlich auch für ihn ein kleiner Halt im *Casa del Dolce* nicht fehlen. Lucio hat heute allerdings besonders viel zu tun. Einige Geburtstage stehen an und seine kunstvollen Torten sind stadtbekannt. Mit einem Handzeichen bestellt Gino einen Cappuccino und nimmt sich zwei Brioches aus der Auslage. Er trifft Sergio, der sich sichtlich ein schnelles Ende der Ermittlungen wünscht.

„Seid ihr schon fertig? Nicht, dass mein Chefredakteur mich drängt. Doch er wäre sehr erleichtert, wenn ihr vor den Wahlen zum Bürgermeister den Mörder präsentieren könntet."

„Hoffentlich dreht sich euer Universum nicht nur um den Chefredakteur. Doch sei versichert, dass wir daran arbeiten und auch wir wollen lieber heute als morgen den Mörder fassen. Ob wir ihn dann exklusiv für euch auf dem Marktplatz präsentieren, weiß ich nicht. Ich denke, das war ganz früher mal üblich. Heute machen wir dann nur eine einseitige Pressemitteilung", ordnet Gino die Vorgehensweise der Gegenwart wieder ein.

„Ich habe es mir fast gedacht. Doch gibt es was Neues?", zeigt Sergio seine Ungeduld.

„Nichts, was eure Neugier befriedigt", vertröstet Gino den Redakteur.

Im Polizeibüro angekommen beginnt die Arbeit mit einem Anruf von Stefano, der mitteilt, dass Maria gestern Nacht zurückgekommen ist. Aber in der Nacht wollte er auch keinen mehr stören und deswegen ruft er gleich morgens in der Früh an. Oreste hat den Anruf entgegengenommen und wartet auf das Eintreffen des Commissarios.

„Commissario. Lassen Sie ihre Jacke gleich an. Wir gehen sofort zu Maria. Stefano hat uns angerufen. Sie ist informiert und wartet auf uns. Ich denke, dass wir dort auch einen guten Espresso bekommen werden."

„Bei dem leeren Kühlschrank wird mich das überraschen. Aber gehen wir los, denn wir wollen ja nicht einen Besuch zum Espressotrinken abstatten, oder?"

Ein paar Minuten später treffen sie bei der Wohnung von Maria ein, klingeln kurz und werden schon von ihr freundlich begrüßt.

„Guten Morgen, meine Herren. Das ist ja schrecklich. Ermordet. Der Arme. So durfte er nicht enden. Und das kurz nach dem Tod seiner Frau. Einfach schrecklich. Doch kommen sie erst mal herein. Einen Caffè kann ich ihnen leider nicht anbieten. Doch ich frage mal kurz bei Stefano und bitte ihn, ob er uns drei Espressi macht. Ich denke, dass er ein bisschen besser vorbereitet ist als ich. Mein Vorrat ist ja total leer!", gibt sich Maria sichtlich ehrlich.

„Sie wissen, warum wir Sie ganz offiziell befragen?", beginnt der Commissario das förmliche Gespräch.

„Na klar, Jacques ist brutal ermordet worden. Schrecklich. Ich kann's einfach noch nicht fassen. Wissen sie schon, wer der Mörder ist?"

„Nein. Dafür sprechen wir ja mit ihnen. Vielleicht können Sie uns dabei helfen? Wie lange kannten Sie ihn schon?"

„Eigentlich kannte ich Marta, seine Frau. Ihre Mutter kam aus einem Kurort aus der Nachbarprovinz. Dort haben ihre Eltern in einer Waffenfabrik gearbeitet. Sie kennen sie vielleicht? Und auch ich habe Verwandte dort. Vor Jahren haben wir uns kennengelernt und uns irgendwie angefreundet."

„Aber gesehen haben sie sich eigentlich selten, oder?"

„Eigentlich nie. Mehr am Telefon. Da haben wir zum Teil stundenlang gesprochen. Wie gesagt, getroffen haben wir uns eigentlich nie. Vor Jahren, ich weiß gar nicht mehr warum, kam dann Jacques mit dem Vorschlag oder der Bitte, dass er für einen kurzen Trip mal kurz eine Übernachtungsmöglichkeit braucht. Er hat gesagt von Freitag bis Sonntag. Eine kleine Sache erledigen. Und der wollte eigentlich auch nie ins Hotel. Und das hat mir immer sehr gut gepasst. Es war immer Anfang Juni. Da bin ich nach München zum jährlichen Treffen meiner ehemaligen Hochschule gefahren. Also, das war für mich eine perfekte Lösung. Ich weiß gar nicht, ob meine Fahrt nach Deutschland der Grund für den Termin war oder etwas anderes. Auf alle Fälle hat das immer super geklappt. Auch nach dem Tod von Marta hat er das beibehalten. Für mich war das kein Problem. Letztes Jahr bin ich aber einen Tag später nach München gefahren. Da konnten wir uns einen Tag sehen. Er wirkte sehr gelöst. Es war ein schöner gemeinsamer Tag. Ich habe nie hinterfragt, mit wem er sich getroffen hat. Und auch nicht warum. Das war und ist mir egal. Ich habe mir gedacht, er wird es mir schon einmal sagen. Doch dafür wird es jetzt, glaube ich, leider zu spät sein. Jetzt sind sie beide tot. Marta mit ihrer schrecklichen Krankheit. Und jetzt wurde

Jacques erschossen. Wie schrecklich. Wissen Sie schon, wann die Beerdigung ist?"

„Die Beerdigung wird in Frankreich statt-finden. In seinem Heimatort in Frankreich."

„Das hatte ich ganz vergessen. Er wohnte ja gar nicht hier."

„Eine Frage, Maria. Wissen Sie, warum die Familie, sprich die Eltern von Marta, damals sehr schnell dorthin gezogen sind?"

„Ich denke ja. Die Mutter von Marta war mit ihr schwanger. Der Vater war nicht der Ehemann. Glaube ich zumindest. Und die Schande wollten sie irgendwie nicht ertragen. Die Eltern, genauer die Mutter, hatte einen sehr guten Draht zu den Arbeitskollegen dort. Dort werden auch Pistolen und Waffen hergestellt. Man kannte sich irgend-wie. Und das haben die beiden alles ganz gut vor-bereitet. Und dann haben sie ihre Wohnung hier verkauft und sind ganz schnell umgezogen. So denke ich es mir."

„Wissen Sie, wer der Vater von Marta sein könnte?"

„Ich habe da eine Idee. Das könnte Vittorio, unser lieber Vittorio, sein."

„Sind Sie da ganz sicher?"

„Ich denke schon. Hundertprozentig weiß ich es natürlich nicht. Wie auch? Doch Vittorio ist ein richtiger Schwerenöter. Er hat anscheinend manchmal eine junge Freundin an der Seite. Das mag sie überraschen. Ich war auch einmal ganz kurz Teil seines Harems. Wenn seine Frau, die Edda, irgendwie nicht da war, weil sie zum Beispiel auf Reisen war, dann nützte er jede freie Minute. Als ich hier ankam, kannte ich keinen. Er hat mir geholfen, die Stelle in der Bibliothek zu finden und später habe ich dann bei ihm in der Immobilienvermittlung angefangen. Finanziell hat er mich am Anfang auch unterstützt. Doch das war nur eine sehr kurze Episode. Es war schön mit ihm. Ich habe mich auch nie beklagt. Und das Geld konnte ich auch gut gebrauchen. Im Moment bin ich nicht mehr seine Favoritin. Ich glaube, zeitgemäß ist das mit Sicherheit nicht mehr. Doch er weiß auch mit Frauen zu sprechen, sie wertzuschätzen und auch zu lieben. Und im Verheimlichen ist er der Größte.“

„Und seine Frau weiß rein gar nichts?“

„Glaube ich nicht. Ich habe sie einmal getroffen. Entweder ist sie eiskalt oder sie weiß wirklich nichts. Auf alle Fälle war in dem Gespräch nichts zu spüren. Als Frau würde ich das merken. Doch sie weiß absolut nichts. Wie gesagt, verheimlichen war schon immer seine Stärke", betont Maria noch einmal.

„Bitte noch einmal zurück zum Mordfall. Und wie haben Sie das mit den Schlüsseln gemacht?"

„Die ersten Male habe ich die beiden Schlüssel irgendwo im Garten hinterlegt. Es hat schon ganz gut funktioniert. Und ich habe mir auch keine großen Sorgen gemacht. Später, als ich mit Marta schon gut befreundet war, habe ich sie gebeten, den zweiten Schlüssel einfach mitzunehmen. Ich habe irgendwie gespürt, dass das regelmäßig stattfindet. Da fand ich es einfacher, dass die beiden schon einen Schlüssel haben. Dann braucht man doch den Garten nicht mehr. Schon irgendwie komisch. Stefano hat davon nie etwas mitbekommen. Er und seine Familie waren zu der Zeit immer bei einem Freund am Meer, damit sie dabei auch auf die Kinder seines Freundes aufpassen konnten. Seit letztem Jahr hat der Freund eine andere Arbeit. So war Stefano letztes und dieses Jahr nicht weg und hat dies hier alles mitbekommen. Und dabei hat er Jacques letztes Jahr auch einmal kurz gesehen."

„Haben Sie irgendeine Idee, weswegen die beiden jedes Jahr im Juni hier im Verborgenen zu uns gekommen sind? Sie sind ja fast die einzige Person, die dies gewusst hat, oder?"

„Wenn ich jetzt darüber nachdenke, denn Sie haben mich schon einmal danach gefragt, dann könnte es einen Zusammenhang zu Vittorio geben. Das wäre irgendwie seine Handschrift. Keiner weiß was und keiner sieht was. Doch welches Motiv sollte das sein?"

„Haben Sie schon mal überlegt, dass die beiden nur gekommen sind, um Geld von Vittorio zu erhalten?"

„Kann sein. Würde irgendwie zu ihm passen. Keiner weiß eigentlich, dass er der Vater ist. Und keiner weiß, dass Marta kommt. Ist schon irgendwie komisch. Anfang Juni findet immer eine Messe in der Nähe statt. Und Edda war eine der Mit-Organisatoren. Es ist so eine Bio-Messe. Und da sitzt sie im Beirat. Jedes Jahr Anfang Juni treffen sich alle Mitglieder für drei bis vier Tage. Dann hat unser lieber Vittorio natürlich freie Bahn gehabt. Vielleicht hat er auch mit mir Schluss gemacht, weil ich an diesen Tagen immer in München war. Mag sein?", sinniert Maria für einen Moment. „Clever irgendwie von unserem Vittorio. Und offiziell haben sie sich auch nie getroffen. Ich weiß gar nicht, wie er zu seiner Tochter stand. Ob er sie wollte oder ob er sie anerkannte? Gefühlt würde ich sagen, Edda wusste nichts. Doch auf der anderen Seite ist sie sehr kalt. Die geht auch über Leichen. Entschuldigung. Die geht auch manchmal einen ganz harten Weg, um ihr Ziel zu erreichen. Das hat sie in ihrer Jugend schon gemacht. Sie kommt aus kleinen Verhältnissen. Ihre Eltern haben auch eine Verbindung in die Nachbarprovinz. Ich selbst habe dies erst später erfahren. Ich glaube, die ganze Familie hat dort gearbeitet. Und so wie ich weiß, war sie auch mal im Schützenverein. Ich glaube beim Pistolenschießen. Und wenn ich es richtig gehört habe, konnte sie das richtig gut. Sehr gut sogar. Sie hat sogar Preise gewonnen. Aber irgendwann hat sie damit aufgehört und hat sich dann auf diese Bio-Sache konzentriert. Das macht sie jetzt mit voller Leidenschaft."

„Commissario, das klingt wie vom Saulus zum Paulus, oder was meinen Sie? Da müsste ihnen Edda sogar sympathisch sein, oder?", fügt der Sergente ironisch fragend ein.

„Ich kann's gar nicht glauben. Erst die Geschichte mit den Großbauern und dann der Schwenk zur Natur. Unglaublich!", fasst der Commissario seine Gedanken zusammen.

„Also, um es nochmals zu verstehen. Der Zeitplan ist klar ausgetüftelt. Die Messe in der Nähe und ihre Reise nach Deutschland. Dazwischen gibt es Anreise und Abreise. Anscheinend haben die beiden Gelder dafür bekommen, weil Marta die heimliche Tochter war. Und deshalb wurde die gemeinsame Tochter offiziell auch nicht anerkannt. Da bleibt die Frage, warum Jacques nach dem Tod seiner Frau diese Geschichte fortgesetzt hat?", kommt der analysierende Commissario noch einmal auf den Kern des Motivs.

„Die Sache mit seiner Tochter kann es nicht mehr sein. Oder glauben Sie, dass das eine Erbsache ist? Herr Commissario, ich kenne mich da nicht aus. Doch ich würde mich freuen, wenn Sie mich später darüber aufklären würden. Ich bedaure jetzt schon, dass ich mich früher nicht genauer darum gekümmert habe. Irgendwie hat mir die Freundschaft via Telefon gereicht. Mehr wollte ich nicht. Doch ich bin mir sicher, dass Marta und Jacques auch nicht mehr wollten. Commissario, kann man das Freundschaft nennen?"

„In gewisser Weise schon, Maria. Bitte nochmals zurück zu Vittorio. Hat einer mal erwähnt, dass er bei dem Wechsel nach Frankreich seine Finger im Spiel hatte?"

„Davon gehe ich nicht aus. Zum einen hatte er mit Waffen nichts am Hut. Er war meines Erachtens auch nie in der Geburtsstadt seiner Frau oder hat sie zum Schützenverein begleitet. Noch war er jemals in Frankreich. Sein Leben bestand aus seinem großen Bauernhof, seinen

Immobilien, seinem hohen gesellschaftlichen Ansehen und manchmal einer Freundin an seiner Seite. Das war für ihn eine runde Sache und ein glückliches Leben."

„Und Edda? Konnte sie Beziehungen nach Frankreich haben?"

„Zuzutrauen wäre es ihr. Kalt ist sie. Waffen kennt sie. Auf der anderen Seite hat sie nie den Eindruck gemacht, als ob sie von den Liebschaften ihres Mannes oder gar der unentdeckten Tochter etwas wusste. Also einerseits ja, doch andererseits nein. Ich glaube, Herr Commissario, diese Frage werden Sie auflösen müssen."

„Maria, erst einmal herzlichen Dank für die wertvollen Informationen. Falls wir noch Fragen haben, kommen wir nochmals auf Sie zu. Der Sergente gibt ihnen gleich das Protokoll zur Unterschrift."

„Kein Problem. Für die nächsten Wochen habe ich keine neue Reise geplant. Sie erreichen mich eigentlich immer morgens ganz gut oder hinterlassen eine Nachricht auf dem Anrufbeantworter. Ich arbeite in einem der Immobilienunternehmen von Vittorio. Und da beginnt jetzt gerade die Hauptsaison. Es kann durchaus sein, dass ich abends noch einzelnen Interessenten einmal die

Wohnungen zeigen muss. Doch ich melde mich dann unverzüglich bei ihnen."

„Was werden Sie jetzt tun?", fragt der Commissario noch einmal neugierig nach.

„Ich überlege, ob ich zur Beerdigung fahre. Eigentlich nein. Dafür war unsere Beziehung nicht freundschaftlich genug. Ansonsten gehe jetzt einkaufen. Dass ich zumindest, wenn sie wiederkommen, ihnen einen Caffè anbieten kann", lacht Maria und verabschiedet die beiden.

„Commissario, das klingt alles so einfach, doch das ist es nicht. Ein möglicher Vater trifft seine Tochter und dessen Ehemann nur heimlich, um ihnen Geld für ein Jahr zu geben. Schon seltsam. Dann stirbt die Tochter an einer Krankheit und ihr Ehemann macht mit der Geldnummer weiter. Noch seltsamer. Und Edda soll nichts davon wissen? Und es ist gerade sie, die den Draht zu den Waffen hat. Komisch. Nach dem Gespräch weiß ich eigentlich nur, dass die Informationen von der Mautstation richtig sind. Mehr nicht!", kommentiert der Sergente das Gespräch mit Maria.

„Das stimmt! Am Ende haben wir nur die Bestätigung, dass es die Reisen gegeben hat und Edda Anfang Juni nie im Ort war. Ich hoffe, dass nach dem Wochenende unser Direktor von der

Bank uns wichtige Informationen geben kann. Dann sehen wir weiter. Oreste, ich glaube, wir machen jetzt erst mal Wochenende. Wir lassen das Ganze noch mal sacken und kommen am Montag früh mit frischen Gedanken wieder zurück", schlägt der Commissario vor, ohne mit Widerstand beim Sergenten zu rechnen.

„Ein sehr guter Vorschlag, Commissario."

„Und das Sacken lassen nicht vergessen", schmunzelt der Commissario und sie verabschieden sich ins Wochenende.

Zuhause angekommen ist Anna froh, dass Gino so früh nach Hause kommt. So kann er ein bisschen im Haushalt helfen, denn sie hat fest geplant, das erste schöne Wetter im Juni für ein paar Ausflüge zu nutzen. Und Glauko hat auch die Parkettmuster hinterlegt, sodass sich beide nun die richtige Farbe aussuchen können.

„Irgendwie kreist alles um die Familie von Vittorio. Vielleicht haben wir etwas übersehen? Denn so richtig passt das noch nicht zusammen."

„Entspann dich erst mal. Du wirst sehen, die richtigen Gedanken kommen immer zur richtigen Zeit", tröstet und motiviert Anna ihren Mann.

„Richtig und rechtzeitig sind manchmal leider zwei Paar Schuhe. Leider!", gibt Gino seiner Frau als Antwort zurück.

„Für mich ist wichtig, dass du rechtzeitig kommst und hier richtig mithilfst!", kontert Anna ihren Gino aus.

(11) Das Gespräch bei Vittorio

Der Commissario entscheidet, dass nun der richtige Moment gekommen ist, um mit Vittorio persönlich zu sprechen. Die Eltern der verstorbenen Frau des Toten hatten nachweisbare berufliche Bezüge zu seiner Familie. Der Commissario hat für einen Moment gezögert, dieses Gespräch zu führen, da sein Questore ihn sehr deutlich auf die Sensibilität des Bürgermeisters hingewiesen hatte. Vittorio gehört zweifelsfrei zum harten Kern dieser Großbauern, die für Gino die wesentliche Ursache aller fehlgeleiteten gesellschaftlichen und natürlichen Entwicklungen ist. Um möglichen Diskussionen aus dem Wege zu gehen, informiert der Commissario weder den Questore noch seinen Sergenten über das geplante Gespräch, sondern er sucht Vittorio am Samstagmorgen in seinem Büro auf.

„Guten Morgen, Vittorio."

„Guten Morgen, Commissario", erwidert er die höfliche Begrüßung. „Wie komme ich zu der Ehre ihres Besuchs?"

„Sie wissen, dass ich die Ermittlungen im Mordfall auf der Piazza leite. Ich möchte mich hierzu mit ihnen austauschen. Vielleicht können Sie mir helfen?", versucht der Commissario den deutlichen Wunsch seines Vorgesetzten nach Zurückhaltung umzusetzen.

„Ein Verhör? Oder brauchen Sie Unterstützung, weil Sie bei ihren Recherchen nicht weiterkommen? Wie sieht es denn bei ihren Ermittlungen derzeit aus?"

„Vielleicht beides. Haben Sie Zeit?"

„Dann schießen Sie mal los. Bitte nicht wörtlich nehmen. Bitte nehmen Sie doch Platz. Möchten Sie etwas trinken?"

„Nein, danke. Zu freundlich. Zur Sache. Wir wissen mittlerweile, wer der Tote war und wir wissen auch, dass die Eltern der verstorbenen Ehefrau des Toten vor gut vierzig Jahren hier gearbeitet haben. Und zwar bei ihnen, Vittorio."

„Nein! Wer denn?"

„Es waren Emma und Mauro. Erinnern Sie sich?"

„Emma und Mauro. Natürlich erinnere ich mich. Eine tolle Familie. Eine starke Familie. Sie haben ihr kleines Stück Land damals an mich verkauft. Sie haben dann auch bei mir gearbeitet. Ist aber schon sehr lange her, Herr Commissario."

„Hatten Sie eine besondere Beziehung zu den beiden?"

„Besondere? Nein. Wir haben uns sehr für unsere Mitarbeiter verantwortlich gefühlt, Herr Commissario. Sie wissen doch, wie die Zeiten damals waren, oder?"

„Hatten Sie nicht eine spezielle Beziehung zu Emma?", wird der Commissario nun deutlich, ohne seinen Verdacht auszusprechen.

„Nein. Wir, also meine Frau und ich, haben uns um alle gekümmert. Und wir kannten uns alle gut. Und wir standen zu unserer Verantwortung. Den beiden habe ich damals oft auch mit Lebensmitteln geholfen. Die brauchten sie dringend. Das war Ausdruck unserer Wertschätzung. Oder meinen Sie etwas anderes?"

Der Commissario überlegt einen kleinen Moment, ob er den Verdacht offen zur Sprache bringen kann. Er zaudert, denn der Questore war hier sehr deutlich geworden. Zu gerne hätte er den Großbauern direkt mit der möglichen Vaterschaft konfrontiert. Doch ohne einen belegbaren Anhaltspunkt fehlt ihm die innere Kraft.

„Nein. Können Sie mir die Umstände des plötzlichen Umzugs erklären?"

„Emma war schwanger. Ich denke, dass Mauro nicht der Vater sein konnte. Also war es jemand anders. Vielleicht sind sie deshalb weggezogen. Wir haben natürlich die Wohnung gekauft. Da waren meine Frau und ich uns sofort einig. So hatten die beiden auch ein bisschen Startkapital. Sie sind nach Frankreich gegangen. Da hatte Emma irgendwelche Beziehungen zu einer Metallfabrik. Ich habe Mauro und Emma seit diesem Tag nicht mehr gesehen. Vom Tod der beiden habe ich erst später erfahren."

„Vittorio. Eine für uns nun sehr wichtige Frage. Wir wissen, dass die Tochter von Emma, sprich Marta, und ihr Ehemann Jacques seit Jahren für ein Wochenende im Juni hierhergefahren sind. Sie haben sich mit Jemandem getroffen. Dies wissen wir sicher. Haben Sie eine Idee, wer dies war oder hätte sein können?"

„Die Tochter von Emma war hier. Nein! Das kann ich nicht glauben. Vielleicht haben die beiden Freunde besucht? Oder einfach den Ort der Eltern. Schade! Nun sind alle tot. Es tut mir so leid. Ich kann ihnen nicht weiterhelfen. Haben Sie sonst noch Fragen?", macht Vittorio deutlich, dass seine Zeit als wohlwollender Unterstützer des Commissarios zu Ende geht.

Vittorio ist auch irgendwie froh, dass das Gespräch ohne die übliche Kritik von Gino und seinen Ansichten zur Natur vonstattenging. Doch er selbst war auch ein Stück verunsichert, da die Ermittlungen im Mordfall auf der Piazza seinem persönlichen Leben so nah gekommen sind. Er ist ein bisschen irritiert, ob der Commissario vielleicht diese Emotion gespürt haben könnte.

Auf dem Rückweg sinniert der Commissario über sein Gespräch bei Vittorio. Weiter gekommen bei seinen Ermittlungen ist er hierdurch nicht. Er ist sich anderseits nicht ganz sicher, ob er ihn verunsichert hat. Er geht nun davon aus, dass die Großbauern von seinen Recherchen erfahren. Auf dem Weg zur Polizeistation nimmt er den Weg über den wöchentlichen Markt, den die große Vielzahl der heimischen Obst- und Gemüsebauern als ihren direkten Kontakt zu den Kunden sehen. Die bunten Farben der Gemüse-, der Kräuter- und der Obstsorten und die intensiven Gerüche lassen ihn schnell das Gespräch mit Vittorio für einen Moment vergessen. Die Stimmenvielfalt, die gefüllten Körbe und die hektischen und schlendernden Marktbesucher sind für ihn der lebendige Ausdruck vom wahren Leben. Ein Kreislauf der Natur schließt sich für ihn und er hofft, dass alle sich insgeheim als treue Anhänger dieses natürlichen Lebensstils ansehen. Hoffnung keimt in ihm auf.

Hinter einem Blumenstand kreuzt sich unverhofft sein Weg mit dem der Gruppe der wichtigsten Großbauern des Ortes, die untereinander diskutierend den vielfältigen und farbenfrohen Naturgenuss des Marktes kaum registrieren.

„Guten Tag, Herr Commissario", begrüßt ihn Paolo, einer der Großbauern.

„Guten Tag, meine Herren", erwidert Gino.

„Wie sieht es aus? Haben Sie schon vorzeigbare Ergebnisse im Mordfall auf unserer Piazza Carli? Nicht, dass wir sehr besorgt sind. Doch die Langsamkeit der Ermittlungen lässt uns grübeln, ob die bisherigen Vorgehensweisen immer so zielführend sind", hinterfragt Paolo.

Er ist einer der wichtigen Akteure in der Gruppe der Großbauern. Mit in der Gruppe auf dem Markt sind auch Luca und Emanuele. Der offizielle Sprecher dieser Gruppe ist Vittorio; doch der wahre geistige Kopf ist Edda.

„Meine Herren, sie wissen, dass die Ermittlungen mit Hochdruck laufen. Für Hinweise jeder Art, die helfen, die grausame Tat schneller aufzuklären, sind wir ihnen sehr verbunden. Insofern liegt es auch an ihnen persönlich, zeitnah mit wichtigen Hinweisen unaufgefordert auf uns zuzugehen", ordnet der Commissario seine Sicht der Dinge ein.

„Ja, so machen sie dies seit Jahrhunderten. Und irgendwann gibt es ein Ergebnis. Das wissen wir. Doch bis dahin vergeht eben viel Zeit. Sehr viel Zeit. Zeit, die fehlt. Und Zeit, die unsere Mitbürger verunsichert. Und wertvolle Zeit, in der Touristen kritisch auf unseren schönen Ort schauen. Commissario, Zeit ist Geld. Und wer finanziert ihre Zeit?", erklärt Paolo seine persönliche Weltanschauung.

„Meinen sie, meine Herren? Ich habe gerade nicht den Eindruck, dass der Markt hier menschenleer ist. Die Stimmung ist wie immer sehr gut. Das hektische Treiben heute belegt ihre kritische These leider nicht. Es belegt, dass sie mit etwas unzufrieden zu sein scheinen. Oder?", gibt der Commissario spitz zurück.

„Wir sind nicht unzufrieden; auch nicht mit ihnen. Doch wir werden zunehmend ungeduldig!", erläutert Luca die emotionale Lage der Großbauern.

„Ungeduld. Woher? Hat nicht ihre Stadtentwicklung auch Jahrzehnte gedauert?", kontert Gino. „Wichtig ist doch, das Richtige zu tun."

„Da stimme ich ihnen voll und ganz zu. Das Richtige! Deshalb sind wir auf dem Weg zum Bürgermeister, um mit ihm über die goldene Zukunft unserer Stadt und ihre Entwicklung zu entscheiden. Es gibt für uns noch viel Potenzial hier. Alle Orte stehen heute im Wettbewerb. Da muss sich jeder anstrengen und performen. Dabei wird uns die Digitalisierung ganz sicher helfen. Wir werden bald wissen, wer welchen Beitrag für unsere Stadt leistet. Auch Sie als Polizei zählen wir ausdrücklich dazu. Für uns ist eine zukunftsfähige Stadt immer eine sichere und zuverlässige Stadt. Und ein Ort der Entspannung und Lebensfreude für die Bürger! Effizient natürlich auch!", skizziert Luca die Leitlinie. „Sehen Sie sich doch die zukunftsweisenden Projekte unseres Bürgermeisters dazu an. Und unsere Bürger werden dies dann in nicht allzu ferner Zeit bei der jetzt anstehenden Wiederwahl auch kraftvoll zum Ausdruck bringen. Sie werden sehen. Die Zukunft wird digital! Und wir werden sie gestalten!"

„Und die Natur?", fragt Gino.

„Herr Commissario. Die Bürger wählen! Die Natur haben wir selbstverständlich immer fest im Blick. Da sind wir sozusagen stets ‚im grünen

Bereich'. Doch ihren Standpunkt kennen wir. Sehr gut sogar!", macht Paolo klar und lacht dabei angesichts seines Wortspiels mit der Natur.

„Lass uns die Zeit nicht vertun. Unsere Versammlung zur Zukunft beginnt in zehn Minuten. Wir haben noch viel zu besprechen und sehr viel zu entscheiden", erinnert Luca seine Freunde.

Die Gruppe der Großbauern verabschiedet sich von Gino und begibt sich zielstrebig in Richtung der heimischen Piazza. Ihre Diskussionen gehen unvermindert weiter und ihre Stimmen sind noch eine Weile zu hören. Der Commissario spürt die enorme Kraft dieser Gruppe und die Ohnmacht der Bürger und der Natur. Für die umtriebigen Bürger und Touristen auf dem Wochenmarkt in Asiago bleibt dies alles sichtlich unbemerkt.

(12) Die Vorgehensweise kommt ans Licht

Nach dem Wochenende klingelt das Telefon im Büro des Commissarios. Der Direttore der Bank meldet sich mit hörbarem Stolz in seiner Stimme.

„Herr Commissario, guten Morgen. Ich hoffe, Sie hatten ein schönes Wochenende."

„Guten Morgen, Direttore. Sie klingen als hätten Sie gute Nachrichten für uns?"

„Ich habe eine sehr gute Nachricht für Sie. Sie wissen, dass unsere Computersysteme noch nicht auf dem allerneuesten Stand sind. Und dennoch haben wir uns voll auf ihre Aufgabe konzentriert. Dabei bin ich sehr stolz auf meine Mitarbeiter. Und Sie hatten recht, denn manchmal wissen unsere Mitarbeiter mehr als so ein dummer Computer. Also, was haben wir recherchiert? Zu Beginn des Junis gab es natürlich immer viele Barauszahlungen. Sie wissen, dass wir ein Urlaubsort sind und vieles wird mit Bargeld bezahlt. Dann haben wir uns auf die größten Geldbeträge konzentriert. Das haben wir für dieses Jahr, für das letzte Jahr, für das vorletzte Jahr und das vor-vorletzte Jahr geschafft. Für die Jahre davor bräuchten wir noch etwas Zeit, denn dann müsste ich die Daten aus dem Archiv anfordern und ehrlich gesagt, dann reißt auch manchmal der Erinnerungsfaden bei den Mitarbeitern. Aber wir haben ein klares Ergebnis. Dadurch, dass wir die letzten Jahre betrachtet haben, ist die Liste von ungefähr zwanzig Personen auf insgesamt drei Personen zusammengeschmolzen. Und diese drei Personen haben jeweils in der ersten Juniwoche mehr als zehntausend Euro abgehoben. Und der Spitzenreiter hat sogar mehr als hunderttausend Euro angefragt. Um genau zu sein, es waren drei-hunderttausend Euro in diesem Jahr und fünfzig-tausend Euro in den letzten Jahren. Den Betrag mussten wir jeweils extra beschaffen, denn für einen solchen Betrag haben wir das Geld nicht vorrätig. Und dann haben wir natürlich jedes Mal auch einen Sicherheitstransport angeboten!", schildert der Direttore stolz sein Arbeitsergebnis.

„Lassen Sie mich raten, wer es war", prescht Gino vor.

„Na, jetzt bin ich aber neugierig."

„Vittorio, oder?"

„Nein, wie kommen Sie auf ihn?", antwortet der Direttore erstaunt. „Ist das ihr Verdächtiger?"

„Bitte behandeln Sie alles vertraulich. Ich kann mich da doch auf Sie verlassen, oder? Doch wer war's denn dann?"

„Unsere sehr verehrte Edda, unsere Edda!", korrigiert der Direttore. „Sie hat doch immer einen guten Grund. Denn sie hat einmal im Jahr die Kosten für die Bio-Fachmesse bezahlt. Und da hat sie jedes Mal einen größeren Betrag persönlich gestiftet. Sehr nobel. Eine sehr feine Frau. Sicherheiten für den Transport brauchte sie keine. Sie hat gesagt, dass sie im Schützenverein sei und sich immer zu verteidigen weiß. Unser

Vittorio, nein. Wenn er mal hundert Euro abhebt, war das schon viel. Geldsachen werden von Edda erledigt. Da bin ich mir absolut sicher."

„Direttore, ganz herzlichen Dank für ihre schnelle Recherche. Nur der Vollständigkeit halber. Wer sind denn die anderen beiden Personen auf der Liste?", vervollständigt der Commissario seine Recherchen.

„Natürlich unser Bürgermeister. Der hat aber immer Anfang des Monats eine größere Barabhebung. Das steckt ihm irgendwie im Blut. Und das macht er schon seit Jahren so. Wer weiß, was er mit dem Geld so alles macht."

„Und der dritte auf der Liste?"

„Es ist Filippo. Sie kennen ihn mit Sicherheit. Er betreibt einen großen Bauernhof und hat auch immer viele Bienenvölker."

„Ja, ja. Filippo. Das kann ich mir vorstellen. Er bezahlt die Rechnung für seine Honiggläser im Juni immer in bar. Ich bin mal gespannt, wie lange er das noch so macht. Naja. Und der Bürgermeister. Haben Sie da eine Idee?

„Fragen Sie ihn doch selbst. Da brauchen Sie nur hinzugehen. Er ist ein sehr freundlicher und äußerst hilfsbereiter Mitbürger. Eine letzte Frage,

Herr Commissario. Brauchen Sie noch die Zahlen aus den Jahren davor?"

„Ich glaube, das wird nicht nötig sein. Danke für ihre schnelle Analyse. Ganz herzlichen Dank und eine schöne Woche!", verabschiedet sich der zufriedene Commissario.

„Sergente. Edda, Filippo und unser Bürgermeister stehen oben auf der Liste", fasst der Commissario zusammen. „Und unser Bürgermeister ist für den Direttore ein freundlicher und sehr hilfsbereiter Mitbürger."

„Bürgermeister müsste man sein und nicht Commissario. So sind eben die Unterschiede", ergänzt nicht gerade tröstend der Sergente. „Beim Bürgermeister kann ich mir das nicht vorstellen. Ich meine die Sache mit dem Mord. Ich weiß nur, dass er immer mit sehr viel Geld herumläuft. Das ist schon fast manisch bei ihm. Und was ist mit ihrem Freund?", hinterfragt der Sergente.

„Der hat immer seine Glasrechnung im Juni für den Honig. Das glaube ich nicht."

„Dann bleibt nur Edda. Also war sie es, die die Geldübergabe organisiert hat", denkt sich der Sergente.

„Oder sie hat das ganze Geld geholt, es ihrem Vittorio gegeben, ist dann selbst zur Messe gefahren und Vittorio hat das Geld übergeben. Und das bedeutet, dass sie es gewusst haben muss. Und der hohe Betrag in diesem Jahr sieht fast so wie eine Schlussrechnung aus. Also, nicht mehr jedes Jahr die gleiche Rate, sondern den letzten fetten Betrag jetzt und damit ist diese Geschichte auch zu Ende!", schlussfolgert der Commissario.

„Und es bedeutet, dass sie wirklich sehr eiskalt ist", ergänzt der Sergente.

„Jetzt überprüfen wir erst einmal, wann Edda genau auf der Messe aufgetreten ist und ob sie nicht alles alleine gemacht haben kann. Wir sollten versuchen, dies zu recherchieren, ohne sie direkt zu fragen", schlägt der Commissario vor.

„Ich habe eine Idee. Ihr Freund, Angelo der Honigbauer, fährt doch jedes Jahr auch zur Bio-Messe. Den können Sie doch einmal sehr diskret danach fragen. Und er ist, so wie ich weiß, die ganzen Jahre immer dort gewesen. Er wird uns sicherlich helfen."

„Eine sehr gute Idee! Eine exzellente sogar! Ich rufe Angelo gleich an."

„Hallo Angelo, hier ist Gino. Kannst du sprechen? Ich habe eine rein berufliche und eine sehr vertrauliche Frage an dich."

„Hallo. Kein Problem, Gino. Schieß los. Wie kann ich dir helfen?", bietet Angelo sofort seine Hilfe an.

„Aber wirklich sehr vertraulich. Es geht um den Mordfall auf der Piazza. Wir haben da eine erste Verdächtige. Wir sind uns aber noch nicht sicher und wollen auf keinen Fall offen ermitteln. Denn es kann immer noch sein, dass unsere Verdächtige es nicht ist. Und das wollen wir auf gar keinen Fall riskieren."

„Gino, du kannst dich hundertprozentig auf mich verlassen", versichert Angelo.

„Es geht um Edda, unsere Edda. Und du weißt, dass sie jedes Jahr im Juni auf die Bio-Messe fährt."

„Ja, genau. Sie organisiert das ganze sogar. Großartige Frau. Eine sehr ehrgeizige und zielstrebige Frau. Und sie soll den Mord begangen haben?", ist Angelo ganz neugierig.

„So weit sind wir noch nicht. Wie gesagt. Sie zählt zum Kreis der Verdächtigen. Und wir wollen ganz sicher gehen, ob sie infrage kommt oder nicht. Was mich interessiert ist die Nacht von Samstag auf Sonntag. Kannst du bestätigen, dass sie in dieser Zeit, insbesondere Sonntag sehr früh, dort war?", präzisiert Gino seine Frage.

„Also Samstagabend bis kurz vor Mitternacht kann ich es dir ganz sicher bestätigen. Da haben wir immer unser traditionelles Mitgliederbankett. Vor Mitternacht geht da keiner nach Hause. Und Edda sitzt sogar auf dem Podium. Auch in diesem Jahr war sie fast die letzte, die gegangen ist. Und am nächsten Morgen um neun Uhr früh ist die offizielle Eröffnung. Das macht sie. Wer denn sonst? Ok, es sind alle ein bisschen müde. Aber alle sind müde. Insofern macht das nichts. Kurzum, Edda kann es auf keinen Fall gewesen sein. Das kann ich dir hundertprozentig bestätigen. Und dieses Jahr war sogar Vittorio mit dabei. Das hat alle ein bisschen überrascht. Und in den letzten Jahren lief es immer gleich ab. Es gab nur eine kleine Änderung in diesem Jahr. Edda und das Organisationskomitee haben den Beginn kurzfristig von acht auf neun Uhr verschoben. Sie haben gesagt, dass ein bisschen Schlaf in der Nacht nach unserem Bankett jedem einfach guttut. Ich denke, das hat allen gut getan. Nein, nein. Da seid ihr auf der völlig falschen Spur. Im Nachhinein ist es gut, dass du da nicht offiziell ermittelt hast. Stell dir vor, welchen Staub du aufgewirbelt hättest und am Ende kann sie es gar nicht gewesen sein. Mensch, Gino. Da wärst du aber in eine Sackgasse gerannt!", gibt sich Angelo gegenüber seinem Freund stolz und souverän, weil er ihn vor einer großen Blamage bewahrt hat.

„Danke, Angelo. Ich bin dir wirklich dankbar. Gut, dass ich nicht offiziell ermittelt habe", rechtfertigt sich Gino ein Stück für seine vertrauliche Frage. Doch er ist irgendwie auch froh, dass er seinen Freund Angelo gefragt hat und nicht Edda. An den Bürgermeister hat er dabei auch einen kurzen Moment denken müssen. Beide verabschieden sich voneinander und sind sehr erleichtert, dass sie es untereinander mit diesem Ergebnis haben klären können.

„Oreste, ich habe ihnen wirklich zu danken für diesen Vorschlag. Doch jetzt stehen wir vor einer Sackgasse. Ob nun alleine oder zusammen. Auf alle Fälle haben unsere beiden Hauptverdächtigen ein super Alibi. Und Angelo bestätigt das Ganze noch", resigniert Gino ein bisschen.

„Das muss nicht so sein, Commissario. Sie könnte es geschafft haben. Sie hat sich eine Stunde mehr Zeit organisiert und mit dem gemeinsamen Auftreten von Vittorio hat sie ein scheinbar perfektes Alibi. Und wenn er bestätigt, dass die beiden die ganze Nacht zusammen waren, dann können wir nichts machen. Doch es ist möglich, vor der Eröffnung nach Hause zu fahren, den Mord zu begehen, pünktlich zurück zu fahren und dann die Messe zu eröffnen.

Zeitlich ließe sich das organisieren. Da muss sie sich noch nicht mal anstrengen. Klar, müde wird sie gewesen sein. Doch Angelo hat nur gesagt, dass sie die Eröffnung gemacht hat. Die Frage ist, ob sie sich nicht danach ein bisschen hingelegt hat. Also, möglich ist es noch, sie weiterhin im Kreis der Verdächtigen zu behalten", erwidert der Sergente.

„Bedenken Sie mal das Risiko, Oreste, dass sie dabei gesehen wird. Das ist doch ihr größtes Risiko. Und wenn sie das Auto direkt an der Piazza Carli parkt, besteht die Gefahr, dass es hierfür Zeugen gibt", hinterfragt Gino den Gedanken seines Sergenten.

„Das mag sein. Das Auto konnte sie auf keinen Fall an der Piazza parken. Das wäre zu riskant gewesen. Sie kennen doch den ganz kleinen Gang neben der Kirche? Da haben wir früher schon als Kinder immer gespielt. Den kennt man eigentlich gar nicht. Er kommt genau an der Parkbank heraus, wo Jacques erschossen wurde. Manchmal wird dieser kleine Gang auch von den Straßenfegern genutzt. Sie deponieren dort die Besen und die Eimer und haben am nächsten Morgen ihr Arbeitsgerät sofort bei der Hand. Für uns als Kinder war es immer die *Straße der Sieger*. Ob unsere Soldaten im Krieg diesen Weg benutzt haben, weiß ich gar nicht. Doch in unserer

Fantasie war es der perfekte Fluchtweg. Und man kommt hinten neben dem kleinen Park heraus. Deswegen haben wir als Kinder dort immer gespielt. Und bedenken Sie, Vittorio und Edda haben dort ein kleines Magazin, das man sicherlich auch als Garage benutzen kann. Also, so gesehen ist es perfekt organisiert!", baut der Sergente wieder eine starke Argumentation auf, mit der Edda wieder in den engen Kreis der Verdächtigen gerät.

„Das stimmt. Das stimmt wirklich. An die *Straße der Sieger* habe ich gar nicht gedacht. Und am Ende haben die beiden sogar dort einen kleinen Schuppen. Da geht mit Sicherheit auch ein Auto rein", rekapituliert Gino den Vorschlag des Sergenten.

„Oreste, gehen Sie mit der Spurensicherung in die *Straße der Sieger* und prüfen Sie, ob Sie dort Spuren finden. Machen Sie das bitte sehr unauffällig. Wir bleiben bei Edda als unsere Hauptverdächtige. Und wenn Sie schon bei der Spurensicherung sind, fragen Sie, ob sie DNA-Spuren von der Decke genommen und analysiert haben. Denn das würde beweisen, dass Edda die Decke in der Hand gehabt hat. Die theoretische Möglichkeit, am frühen Morgen von der Piazza zurück zur Messe zu fahren, hilft uns zwar weiter, ist aber dann vor dem Gericht überhaupt kein

Argument. Und an das laute Geschrei vom Bürgermeister möchte ich gar nicht erst denken."

„Und was ist mit der Tatwaffe?", erweitert der Sergente die Diskussion.

„Eins nach dem anderen. Erst die Spuren in der *Straße der Sieger*, dann die Decke und dann die Waffe!", ordnet der Commissario die nächsten Schritte.

Für Gino ist nun endlich Feierabend. Die einzelnen Steinchen setzen sich für ihn langsam zu einem Gesamtbild zusammen, auch wenn der öffentliche Druck und die Spannungen zum Bürgermeister immer spürbar sind. Er beschließt, ein paar Schritte durch die Stadt zu gehen und trifft auf seine guten Freunde Enrico und Filippo.

„Hallo. Wie geht's?"

„Wir lassen den Arbeitstag jetzt schnell ausklingen und den Feierabend so ganz langsam beginnen", scherzt Filippo.

„Eine gute Idee. Wie wäre es mit einem belgischen Bier?"

„Exzellenter Vorschlag, Gino. Ihr müsst mal das neue Naturtrübe probieren. Ein absoluter Hochgenuss!", schlägt Filippo vor.

„Na dann. Gehen wir zu unserer Birreria und setzen deinen Vorschlag in die Tat um."

„Hier ist zum Glück alles noch analog. Es ist wie in der guten alten Zeit. Ein echtes Bier mit Freunden! Und keine Daten!", beginnt Gino.

„Dich scheint die Digitalisierung stark zu beschäftigen, oder?", hinterfragt Filippo. „Ohne wird es in Zukunft aber nicht mehr gehen. Sei sicher, dass kommt für alles und jeden. Auch für dich, Gino!"

„Und die Folgen? Hat einer mal die Folgen im Blick oder schauen wir nur auf die süßen Vorteile und machen blind mit?"

„Gino, leider letzteres! Und das Leben geht trotzdem weiter. Es lebt auch von diesen widersprüchlichen Entwicklungen, die zunächst noch gar nicht so richtig passen. Es lebt auch von den hart geführten Diskussionen. Mit einer strikten Ablehnung allerdings hältst du die Digitalisierung mit Sicherheit nicht auf. Gestalte sie von innen heraus mit. Dann hast du Einfluss auf die dir helfenden und dich störenden Elemente der Digitalisierung", reichert Enrico die kritische Diskussion an.

„Da bin ich mir nicht sicher, ob ein Einfluss überhaupt möglich ist. Der ganze Prozess läuft doch rein ökonomisch ab. Eine gesellschaftliche Diskussion oder gar eine sinnvolle gesellschaftliche Steuerung findet maximal, wenn überhaupt, im Nachhinein statt. Ein Einzelner oder eine Gruppe haben keinen Einfluss. Da sind und bleiben wir alle ohnmächtig."

„Und was ist dann deine Alternative, Gino? Abkapseln vom Leben oder täglicher offener Protest? Da arbeitest du dich doch nur ab und endest frustriert."

„Da haben wir ja eine tolle Auswahl zwischen Pest und Cholera."

„So schlimm wird es nicht werden. Die krassen Fehlentwicklungen werden mit Sicherheit korrigiert werden. Das wird sich einpendeln. Glaub mir. Vielleicht dauert es für dich länger als gedacht. Auch die Automatisierung und die Globalisierung wurden damals hochgejubelt und dann kommt die Einsicht, was eine Gesellschaft wirklich braucht", versucht Enrico seine persönliche Sicht zur unbegründeten Skepsis der Digitalisierung darzulegen.

„Enrico, wir werden es alle noch erleben, ob deine Einschätzung auch wirklich eintritt."

„Genau! Und deshalb sollten wir jetzt auf unsere turbulente digitale Zukunft anstoßen!"

Die drei Freunde tauschen dann ihre Tageserlebnisse aus und gehen nach zwei Naturtrüben entspannt und leicht vergnügt nach Hause.

Die Straße der Natur   *© Darr 2018*

(13) Es wird heller

Der Sergente macht sich am nächsten Tag mit den Kollegen von der Spurensicherung auf den Weg, um die kleine Gasse, die von der Piazza neben der Kirche bis zu einem kleinen Park mit einem Schuppen führt, nach Spuren zu untersuchen. Und tatsächlich finden sie Fußspuren, die sie später einem weiblichen Schuh zuordnen. Sie nehmen auch einen Abdruck vom Profil des Schuhs, um gegebenenfalls später mögliche Schuhe der Verdächtigen überprüfen zu können. Und sie finden tatsächlich auch ein Einschussloch mit einer deformierten bleiernen Kugel. Endlich, sie haben auch das Projektil gefunden.

Zurück in der Polizeistation angekommen berichten sie dem Commissario von den einzelnen Maßnahmen. Allein die Tatsache, dass es konkrete Spuren und einen konkreten Schuhabdruck gibt, macht den Commissario sehr zufrieden. Das Finden der Kugel macht ihn fast glücklich.

„Oreste, gehen Sie doch mal auf die Homepage der Bio-Messe. Von der Eröffnung gibt es mit Sicherheit Fotos. Vielleicht sogar ein Video. Und schauen Sie sich ganz genau die Schuhe von Edda an. Ich glaube nicht, dass sie die Schuhe noch mal gewechselt hat."

Die Untersuchung der DNA-Spuren hatte die Spurensicherung schon eingeleitet. Die Ergebnisse hingegen hatten sie noch nicht dem Commissario mitgeteilt. Die Verantwortlichen der Spurensicherung betonen jedes Mal, dass ein Vergleich von DNA-Spuren viel hilfreicher ist als das eigentliche DNA-Profil. Sie sind der Auffassung, dass damit keiner etwas anfangen kann. Der Sergente kann diesem Argument irgendwie zustimmen.

„Fabio von der Spurensicherung hat gesagt, dass es völlig ausreicht, einen Pullover, Handschuhe oder eine Mütze von der verdächtigen Person zum Vergleich zu haben. Dann kann ein DNA-Vergleich ohne Probleme durchgeführt werden", erläutert Oreste die hierfür notwendige Ermittlungsarbeit.

„Da warten wir noch einmal ab. Lassen Sie uns jetzt mal die Waffe ins Visier nehmen. Wenn ich mich richtig erinnere, gab es einen sehr spezifischen Durchschuss und ganz spezifische Spuren, die die Kugel hinterlassen hat. Da sollten wir doch einmal mit einem Verantwortlichen eines Waffenherstellers aus der Nachbarprovinz telefonieren. Der wird uns mit Sicherheit weiterhelfen können. Und danach versuchen wir den Bogen zu Edda zu schlagen. Einverstanden?", sichert sich der Commissario die volle Unterstützung des Sergenten.

„Machen Sie Fotos von der Kugel und ich habe auch schon eine Idee, wie wir dies prüfen lassen können", geht der Commissario nun einen zielsicheren Weg nach vorne.

„Und welche Idee?", ist Oreste auf einmal sehr neugierig.

„Dann nutze ich doch einfach meine sehr guten Beziehungen zu Nicola, meinem Freund und Commissario Nicola. Mit ihm war ich vor Jahren auf der Polizeischule. Und ich kann mich noch sehr gut an unsere tollen Reisen zum Münchner Oktoberfest erinnern. Da haben wir's immer krachen lassen. Das ist zwar schon ein bisschen her. Doch ich glaube, jeder von uns erinnert sich noch gern daran."

„Nicola, ich bin's. Gino. Mensch, wie geht's? Wir haben uns lange nicht mehr gehört. Wir sind zwar nicht weit auseinander, aber …", beginnt Gino sein Gespräch.

„Das ist eine Überraschung! Gino. Dass es dich noch gibt. Was macht Anna? Und was macht Silvia? Ist sie mit der Schule schon fertig?"

„Allen geht es gut. Und Silvia muss noch ein Jahr in die Schule. Dann hat sie die Scuola

Superiore abgeschlossen. Ich hoffe, ich störe nicht, denn ich rufe nicht an, um mit dir ein bisschen zu plaudern. So schön das jetzt auch wäre."

„Ich dachte, du rufst mich an, um mich zu einer Fahrt nach München im Herbst zu überreden, oder?", schlägt Nicola einen Bogen zu der guten alten Zeit.

„Ich glaube, wir müssten heute unsere Ehefrauen mitnehmen. Und die Kinder natürlich auch."

„Wie kann ich dir helfen? Du bist doch an dem Mordfall auf eurer Piazza dran. Wie sieht's aus?", erkundigt sich Nicola sehr interessiert zum aktuellen Fall seines Freundes.

Gino fasst den Stand der Ergebnisse zusammen und kommt dann zum Grund seines Anrufes.

„Wir haben zwei konkrete Anliegen. Zum einen, unsere Spurensicherung sprach von einer Waffe, die heute nicht mehr benutzt wird. Unsere Experten könnten sich eine Patrone mit einem Rundkopf aus Blei sehr gut vorstellen. Ich denke, wenn ich sie richtig verstanden habe, dass sie von einer alten Pistole ausgehen. Auch die Schwarzpulverladung lässt sie schlussfolgern, dass es sich um eine Waffe aus dem Ersten Weltkrieg handeln muss. Und von diesen Waffen gibt's wahrscheinlich nicht mehr viele. Geschweige denn von der Munition dazu. Und ich würde dir gerne die Fotos und auch die Ermittlungsergebnisse der Spurensicherung zukommen lassen. Wir bräuchten hierfür einen gemeinsamen Ansprechpartner beim Hersteller einer solchen Waffe, der mir die Hintergründe ein bisschen erklärt. Und zum zweiten gibt's bei uns zudem ein paar Leute im Ort, die aus eurer Gegend kommen. Die Liste würde ich gerne mitbringen. Und natürlich ist auch unsere Hauptverdächtige mit auf der Liste. Doch das würde ich den Verantwortlichen nicht erzählen wollen", erklärt der Commissario seinen Plan.

„Das ist kein Problem. Schick mir doch die ganzen Unterlagen per Mail. Und ich organisiere für morgen früh um zehn Uhr den Termin direkt in der Fabrik. Entweder direkt beim Geschäftsführer oder beim technischen Direktor. Da wir im Moment Stadtfest haben, bin ich sicher, dass auch alle im Ort anwesend sind. Da sind immer alle da. Ich schicke dir die Terminbestätigung dann kurz per Mail zurück. Wäre das für dich ok?", bietet sein Freund und Kollege an.

„Das wäre super. Dann sehen wir uns morgen früh."

„Komm doch einfach schon ein bisschen eher. Dann können wir unsere alten Zeiten noch ein bisschen aufwärmen. Und du wirst überrascht sein. Auch wir haben eine ganze Menge Bio. Und da du ein Naturliebhaber bist, werde ich euch so richtig mit einem Bio-Frühstück überraschen. So richtig Bio-Bio. Also, bitte ein bisschen eher kommen und das Ok zum offiziellen Termin um zehn Uhr schicke ich dir gleich zu."

Am nächsten Tag macht sich der Commissario mit dem Sergenten schon sehr früh auf den Weg zu seinem Freund. Die Serpentinen vom Alto Piano herunter sind frei und auch die Straßen in die benachbarte Provinz machen keine Probleme. Kurz vor neun Uhr kommen sie in der Polizeistation an und Nicola überrascht die beiden mit einem sensationellen Frühstück. Selbst der Sergente ist mehr als überrascht. Es ist nicht nur ein wohlduftender Espresso, sondern es gibt auch exquisite Brioches mit frischer Kirschmarmelade und auch frisches Obst aus der Region.

„Alles aus unserer Region. Nur die Kaffeebohnen wachsen noch nicht hier. Doch die Röstung macht ein Freund von mir", zeigt sich Nicola sichtlich stolz auf seine Region und die Produkte aus dem hiesigen Tal.

„Ihr wisst ja richtig gut zu leben. Doch nun zu unserem Mord. Hast du dir die Fotos mal angeguckt?", schwenkt Gino trotz des sensationellen Frühstücks schnell auf den Grund der Reise um.

„Na klar. Wir haben auch schon mal Fotos von mehreren Einschüssen mit der von dir vermuteten Pistole verglichen. Auch unsere Experten gehen davon aus, dass dies die Waffe sein könnte. Das Einschussloch, die Art des Durchschusses und die Schwarzpulverspuren sprechen hier eine eindeutige Sprache. Schön, dass ihr auch die Kugel gefunden habt. War es sehr schwer?", hinterfragt Nicola die Mühen der Kollegen.

„Irgendwie war die erst gar nicht aufzufinden", rechtfertigt sich der Sergente. „Wir haben alles abgesperrt und gesucht wie die Wahnsinnigen. Doch leider ohne Ergebnis."

„Das macht nichts. Am Ende habt ihr es aber geschafft", tröstet Nicola den Sergenten.

„Lass uns nun fahren. Es sind beide Herren im Hause. Es sind Mario, der Geschäftsführer, und Tuglio, der technische Direktor", beendet der Commissario das exzellente Frühstück und alle machen sich auf den Weg in die Pistolenfabrik.

„Guten Morgen, meine Herren. Ich darf ihnen Gino, den Commissario, und den Sergenten Oreste vorstellen. Der Commissario leitet die Ermittlungen im Mordfall auf der Piazza Carli in Asiago", beginnt Nicola die Vorstellung der Kollegen.

„Wir begrüßen sie sehr herzlich in unserem Hause. Unser technischer Direktor, Tuglio, steht ihnen selbstverständlich zur vollen Verfügung. Ich bin der Geschäftsführer, Mario mein Name. Wenn wir ihnen helfen können, so lassen sie es uns bitte unverzüglich wissen", begrüßt er die Gäste sehr freundlich.

„Wir möchten uns schon im Voraus für ihre Unterstützung bedanken. Sie wissen, dass wir einen Mordfall aufzuklären haben. Mein Kollege hat sie sicherlich im Vorfeld über alle Einzelheiten informiert", beginnt Gino das offizielle Gespräch.

„Ja, wir haben auch die Bilder gesehen. Da haben sie wirklich einen sehr schwierigen Fall. Und wir bedauern zutiefst, dass jemand durch eine Waffe zu Schaden gekommen ist", erklärt sich der Geschäftsführer.

„Aus technischer Sicht, Herr Commissario, liegen sie mit ihrer Vermutung schon ganz richtig. Wichtige Waffen aus dem Ersten Weltkrieg hatten ein neun Millimeter Kaliber und ein Rundkopfgeschoss aus Blei. Mit einer solchen Schwarzpulverladung führt es zu solchen Verletzungen. Da sie das Projektil gefunden haben, kann ich ihnen dies bestätigen und, wenn Sie wollen, noch ein paar Einzelheiten mehr geben", erklärt der technische Direktor.

„Das ist, glaube ich, im Moment noch nicht nötig, meine Herren. Trotzdem besten Dank für dieses Angebot. Was mich interessiert ist, wie so eine Waffe heute noch funktionsfähig sein kann und wie man für so eine Waffe auch heute noch Munition findet. Denn ich gehe davon aus, dass diese Waffe schon lange nicht mehr gebaut wird."

„Das stimmt absolut, Herr Commissario. Doch bedenken Sie. In den Kriegsjahren wurden Unmengen an Munition produziert. Wer hat da noch einen Überblick? Insbesondere im Ersten Weltkrieg an der Frontlinie rund um Asiago ging es hin und her. Ich denke, da hatte jeder einen Vorrat. Vielleicht sogar einen sehr großen. Der kann bis heute ausreichend sein. Technisch gesehen werden die Patronen nicht schlecht. Wenn dort kein Rost zu finden ist, dann schießt die Waffe gut. Und aus kurzer Entfernung haben Sie selbst gesehen, was diese Waffe anrichten kann."

„Danke für die technischen Hinweise. Ein weiterer Punkt wäre uns sehr wichtig. Wir haben ihnen einmal eine Liste aus dem Meldeamt mitgebracht. Es sind Einwohnerinnen und Einwohner mit einer familiären Vergangenheit aus dieser Gegend aufgelistet. Vielleicht fallen ihnen einige Namen besonders ins Auge. Denn wir gehen davon aus, dass nur ein Waffenkenner, vielleicht sogar ein ehemaliger Mitarbeiter ihres Unternehmens als besonderer Waffenkenner, so eine Waffe zu Hause hat und auch den Zugang zur Munition. Oder er hat noch einen kleinen oder großen Vorrat", schlägt der Commissario nun die Brücke zu den möglichen Personen, die eine Verbindung zur Tatwaffe haben könnten.

„Danke für ihre Liste. Wie ich sehe, sind es ungefähr vierzig Namen. Geben Sie uns doch etwas Zeit, dies genauer zu studieren", bittet der Geschäftsführer den Commissario um die Möglichkeit einer genaueren Prüfung.

„Die Zeit sollen sie haben. Uns sind präzise Ergebnisse viel wichtiger als kurzfristige Aussagen. Doch schauen sie trotzdem einmal ganz kurz darüber, ob ihnen in der Liste schon jemand ins Auge sticht, ohne die Ergebnisse ihrer detaillierten Prüfung vorweg zu nehmen", insistiert der Commissario.

„Das ist ja interessant. Ein Name sticht besonders hervor. Es sind Roberto und seine Tochter Edda. Unser Roberto hat für zwanzig Jahre als technischer Arbeiter in der Pistolenfertigung gewirkt. Er war sozusagen im Team des Vorvorgängers von Tuglio. Leider ist er zu früh verstorben. Er hat seine Tochter häufig mit in den Betrieb gebracht. Als junges Mädchen hat sie sich nie für Puppen interessiert. Nein, sie war, glaube ich, das jüngste Mädchen auf unserem Schießstand. Und sie hatte schon früh Talent. Treffsicher. Schnell. Wie sie eine Waffe zerlegt und zusammengebaut hat. Das habe ich ganz selten in meinem Leben so gesehen. Selbstverständlich hatte ihr Vater auch privat unsere Waffen. Alles legal versteht sich und natürlich in einem Stahlschrank zu Hause gesichert. Ich bin mir sicher, dass Edda diese Waffen heute noch hat. Und selber hat sie auch eine ganze Reihe an Pistolen. Die Pistole aus dem Ersten Weltkrieg hat sie mit Sicherheit. Die alten Waffen haben sie immer fasziniert. Daran kann ich mich gut erinnern. Und natürlich war sie hinterher auch im Schützenverein und hat sehr viele Preise gewonnen. Wir sind noch heute sehr stolz auf sie. Doch irgendwann hat sie aufgehört mit dem Schießsport. Es hat uns sehr leidgetan, denn sie hätte auch in der Ausbildung noch vieles bewegen können."

„Sie müssen sehen, Herr Commissario, solche Pistolen sind keine einfachen Waffen. Dafür braucht es schon Geschick. Und das hat sie. Natürlich auch zu den neueren Waffen. Da hat sie deren Seele gefühlt und immer perfekt geschossen. So gesehen ist sie immer ein leuchtendes Vorbild für alle Mitarbeiterinnen und Mitarbeiter in unserem Unternehmen gewesen.

Es wird heller

Wir sind alle stolz auf sie!", ergänzt der technische Direktor.

„Doch lassen sie uns in aller Ruhe die Namen prüfen. Wie können wir sie erreichen?", will Mario wissen.

„Sie erreichen mich am besten über meinen Kollegen Nicola. Das dürfte der schnellste Weg sein", erklärt Gino. „Ich glaube, sie haben uns sehr geholfen. Wenn wir noch weitere Fragen haben …", setzt er an.

„Dann können sie sich jederzeit an uns wenden. Überhaupt kein Problem. Sie wissen, wie sie uns erreichen können", setzt Mario die Frage des Commissarios sofort in eine helfende Antwort um.

„Dürfen wir ihnen noch etwas zeigen? Ein kleiner Rundgang durch den Betrieb?", bietet der Geschäftsführer an.

„Gerne sogar. Mit Freuden!" erwidert der Commissario.

Beim Rundgang kommen sie auch an den ganzen Trophäen der Turniere vorbei und bleiben bei einer Bilder- und Trophäensammlung, die auch die junge Edda zeigt, stehen. Dabei liegen neben den Waffen und den Trophäen auch zwei Handschuhe von ihr.

„Darf ich eine Bitte äußern, Herr Direktor?"

„Gerne!", bietet er freundlich und zuvorkommend an.

„Ich würde gerne diese Handschuhe mitnehmen und spurentechnisch untersuchen lassen. Aber nur, wenn Sie wollen und damit einverstanden sind."

„Wenn Sie meinen. Haben Sie Verständnis dafür, dass wir uns sehr freuen, wenn die Handschuhe unversehrt zurückkommen würden", bittet Mario den Commissario.

„Darauf können Sie sich hundertprozentig verlassen", versichert er.

Nach dem detaillierten Rundgang durch den Betrieb fahren die Polizisten zurück zur Polizeistation von Nicola.

„Ein sehr aufschlussreiches Gespräch, auch wenn noch eine wichtige Antwort aussteht. Doch die bisher gegebenen Aussagen stützen meine bisherige These", kommentiert Gino zufrieden.

„Und Glück gehört auch dazu!", ergänzt der Sergente. „Das mit den Handschuhen ist der absolute Glücksfall für unsere Spurensicherung."

„Mal sehen, was rauskommt. Doch es fügt sich ganz langsam ein Stein zum anderen", freut sich Gino. „Und dabei haben wir noch nicht einmal mit Edda, der verdächtigen Person, persönlich gesprochen. Ist schon irgendwie seltsam, welche Spuren eine Person hinterlässt, ohne dass sie es selbst weiß", kommentiert er weitsichtig.

„Und mit der Digitalisierung wird die Datenspur noch ein bisschen länger und breiter", versucht der Sergente sich mit seinem digitalen Sachverstand in dieses Gespräch einzubringen.

„Bedauerlicherweise wird es so sein", sieht auch Nicola diese digitalen Entwicklungen sehr kritisch.

„Ich bin gespannt, was die Spurensicherung zu den DNA-Spuren im Handschuh sagt. Und was zum Vergleich mit der Decke!", fragt sich Gino.

„Dann wären wir fast am Ziel", prognostiziert der Sergente.

„Fast oder am? Das ist fast kein Unterschied mehr. Wobei am Ziel noch eine Spur besser ist als fast", versucht sich der Commissario mit einer sprachlich sehr spitzfindigen Formulierung.

„Sie sollten besser Schriftsteller oder Politiker werden. So gut wie Sie reden können", zeigt der Sergente seinen Respekt.

„Nun mal ganz langsam. Ich bin immer noch Commissario und wir haben einen unaufgeklärten Mord. Also, wir haben bisher ein paar Dinge recherchiert, die gut zusammenpassen. Und mit Stolz behaupte ich auch, ohne digitale Spuren benutzt zu haben. Solide handwerkliche polizeiliche Grundlagenarbeit", lobt sich der Commissario selbst.

„Genug des Lobs. Den Tag sollten wir nicht vor dem Abend loben!", gibt Nicola zum Besten. Doch auch er ist mit diesem Tag sehr zufrieden.

Der Commissario und der Sergente fahren zusammen mit einem Paar Handschuhe von Edda zurück nach Asiago und übergeben diese nun den Kollegen der Spurensicherung.

„Es wäre einfach zu schön!", wünscht sich Gino. „Warten wir auf die Ergebnisse. Mit etwas Glück haben wir den Mörder schon morgen überführt. Und dann kommt der Moment, in dem wir auf unsere Großbauern direkt zugehen können."

„Sie meinen Vittorio und Edda. Wir haben hier ganz sicher zu sein, damit wir unseren Bürgermeister nicht verschrecken", korrigiert Oreste.

„Genauso habe ich es gemeint."

„Und genauso wird Sie der Bürgermeister korrigieren!", versucht es der Sergente noch einmal.

„Bevor wir uns noch streiten. Warten wir lieber bis morgen auf die Ergebnisse."

Der starke Baum © *Darr 2018*

(14) Die Welt der Edda

Bislang hatte der Commissario mit Edda im Mordfall auf der Piazza noch nicht persönlich gesprochen. Auch hier nimmt der Commissario Rücksicht auf seinen Questore. Dennoch, die Ermittlungen kreisen immer um die Familie von Edda und Vittorio herum. Eine Auflösung des Mordfalls ist anscheinend nur mit den beiden möglich. Also sucht er sie in ihrem Büro auf.

„Guten Morgen, Edda."

„Guten Morgen. Haben wir einen Termin? Sie wissen, dass Zeit auch Geld ist?", macht sie schon früh deutlich, wie sie den unerwarteten Besuch bewertet.

„Nein, Edda, einen Termin haben wir nicht. Haben Sie dennoch Zeit?"

„Sehen Sie, Commissario. Dies ist ihr Problem. Sie können nichts so richtig bewerten. Die Zeit der anderen oder den Wert der Zukunft. Doch lassen wir dies. Wir kennen ihre Ansichten. Bedauerlicherweise stehen Sie nicht für eine Zukunft. Sie haben keine Idee zur wirtschaftlichen Entwicklung unserer Stadt. Sehen Sie sich den durch uns erreichten Zuwachs an Touristen, an organisierten Übernachtungen und an getätigten Immobilienverkäufen an. Das ist Gegenwart und Zukunft gleichermaßen! Machen Sie sich doch die Mühe und übertragen Sie dies auf ihre Polizei. Haben Sie jemals überlegt, ob Sie als Commissario wirtschaftlich sind? Bringen Sie eine angemessene Rendite, eine gesellschaftliche Rendite? Oder sind Sie nur einfach anwesend? Eine Art von einfacher Daseinsleistung."

„Ich würde gerne auf den grausamen Mordfall auf der Piazza Carli zu sprechen kommen. Auch angesichts ihrer knappen Zeit. Einverstanden?"

„Bitte."

„Wir wissen, wer der Tote war und dass die Familie Wurzeln in dieser Stadt und zu ihrer Familie hatte. Die Eltern der verstorbenen Ehefrau von Jacques haben vor Jahren für ihren Mann gearbeitet."

„Das weiß ich mittlerweile. Sie haben ja mit Vittorio darüber gesprochen."

„Haben Sie beim Umzug der Eltern von Marta in irgendeiner Weise geholfen?"

„Nein. Nicht direkt. Wir, also Vittorio und ich, haben die Wohnung der beiden gekauft. Das waren wir den beiden irgendwie schuldig. Ich hoffe, damit konnten sie dann gut starten. Ich selbst hatte danach nie mehr Kontakt gehabt. Auch vom Tod der beiden habe ich erst später erfahren. So wie Vittorio es ihnen gesagt hat."

„Die Tochter und ihr Ehemann sind dann jahrelang hierhergekommen. Und nach dem Tod von Marta kam Jacques letztes Jahr und dieses Jahr nochmals alleine in unseren Ort. Immer am ersten Wochenende Anfang Juni. Wissen Sie, mit wem sich die beiden, Jacques und Marta, getroffen haben?"

„Nein! Mit mir auf alle Fälle nicht. Ich war an den besagten Tagen, und dies wissen Sie doch, immer zur Eröffnung unserer Bio-Messe. Herr Commissario, auch dies ist Zukunft, oder? Tut mir leid, dass ich ihnen hierbei nicht helfen kann."

„Eine letzte Frage noch. Die Tatwaffe ist wahrscheinlich eine Militärpistole aus dem Ersten Weltkrieg, die in der Nachbarprovinz hergestellt wurde."

„Ja, und? Ich habe zu der Fabrik, in der mein Vater arbeitete, viele schöne Erinnerungen. Sie wissen, ich war im Schützenverein. Sehr erfolgreich sogar. Doch jetzt nicht mehr. Erst hatte ich solche Pistolen in einer Vitrine im Wohnzimmer. Da war und bin ich jetzt noch richtig stolz. Doch dann musste ich die Waffen neutralisieren. Sie sehen aus wie Waffen, doch es sind nur noch Hüllen. Wenn Sie sich davon überzeugen wollen, gerne. Damit richten sie keinen Schaden mehr an", antwortet Edda sachlich und kühl. „Haben

Sie noch Fragen?", und damit macht sie deutlich, das Gespräch beenden zu wollen. „Ich möchte ihnen zum Abschluss noch einen zweiten Gedanken zur Zukunft mit auf den Weg geben. Sie haften für mich zu sehr an den traditionellen Verfahren fest. Stürzen Sie sich mit voller Kraft in die Digitalisierung. Sie werden die Ergebnisse zu schätzen wissen. Wir werden dies tun. Hierfür werden wir hier alle Daten von allen Bürgern und Touristen zu jedem Zeitpunkt erfassen und speichern müssen: alle Aufenthaltsorte, alle Telefonate, alle Nachrichten, alle Käufe, alle Meinungen. Einfach alles. Datenschutzrechtlich werden wir dies abzusichern wissen. Doch dann können wir auswerten, wann wer wie lange hier war. Und was er gemacht hat. Dies gibt ganz neue Erkenntnisse für unser Stadtmanagement. Auch Prognosen, die Fachleute nennen dies dann *predictive*, werden wir erstellen, damit wir unsere Events und unsere Ressourcen besser einsetzen können. Wir kennen dann alle heutigen und insbesondere alle zukünftigen Vorlieben aller Bürger und aller Touristen, können die richtig ertragreichen Geschäfte erkennen und die unrentablen Dinge frühzeitig eliminieren. Und natürlich werden wir unser Marketing mit Hilfe künstlicher Intelligenz dann viel zielgenauer ausgestalten können. Ich bin mir da ziemlich sicher, dass wir einen zweiten langfristigen

Schub für unsere Stadt erreichen werden; wie damals mit unserer Immobilienstrategie", erklärt Edda den Weg in ihre goldene digitale Zukunft der Stadt.

„Danke für ihre kostbare Zeit. Ich werde über ihren Ansatz zur Bewertung und zur Digitalisierung nachdenken", verabschiedet sich der Commissario, ohne einen Hauch bei seinen Ermittlungen weiter gekommen zu sein.

„Commissario. Vordenken, nicht nachdenken! Nachher ist leider zu spät!", korrigiert sie sofort.

Enttäuscht geht er nach Hause. Noch nicht einmal ein kühles Blondes in der Birreria will ihm nach dem Gespräch schmecken. Jetzt weiß er, dass gegen Edda die Beweiskette absolut lückenlos sein muss.

Zuhause angekommen erwartet ihn seine Familie zum Mittagessen. Auch Sabrina, die Cousine, ist dabei. Sie hat einen Sprung zu Anna gemacht, um sich im Mordfall auf der Piazza auf dem Laufenden zu halten.

„Gino, was ist passiert? Du siehst irgendwie bedrückt aus", macht sich Anna Sorgen.

„Sieht man dies?"

„Sehr sogar!", antworte Sabrina sehr ehrlich und direkt.

146

„Einerseits haben wir schon viele Bausteine recherchiert. Doch andererseits prallen wir am Kern der Ermittlungen einfach nur ab. Da gibt es keinen Fortschritt, kein Durchkommen und keine Aussicht auf Änderung der Lage. Und dann die kraftvolle Strategie der Großbauern. Die hält irgendwie keiner auf. Die laufen einfach durch Wände als wäre es Luft. Und jetzt haben sie mit der Digitalisierung noch den Turbo im Köcher", resigniert Gino ein bisschen.

„Jeder hat eine schwache Stelle. Auch die stärkste Burg hat immer eine wunde Stelle", tröstet nun Sabrina. „Das kann der Charakter der Person sein, der ihn unvorsichtig werden lässt. Oder die Pläne stoßen auf Widerstand in den eigenen Reihen. In diesen Egogruppen wollen doch alle irgendwie nach vorne. Da nimmt sich doch jeder am Ende die Beute gegenseitig ab. Eine breite Legitimation ist in Gruppen nur möglich, wenn es ein absolut starkes Zentrum gibt, gegen das keiner opponiert."

„Dann bleibt nur die Schwäche der Person. Wenn Edda diesen Fixstern darstellt, dann ist es ihre persönliche Schwäche in der Familie, oder?", überlegt Gino laut.

„Mag sein. Gib nicht auf, Gino!", baut Sabrina ihn für einen Moment wieder auf. „Und ein gutes

Mittagessen ist doch immer ein Motivations-schub, oder?"

Mit dem gemeinsamen Essen mit der Familie am Tisch verfliegen die dunklen Gedanken von Gino nach dem Gespräch bei Edda sehr schnell und seine konzentrierte Aufmerksamkeit im Mordfall ist wieder voll erwacht.

Die Zeit vergeht © *Darr 2018*

(15) Jetzt besteht Klarheit

Am nächsten Morgen finden sich alle Beteiligten der Aufklärung dieses Mordfalles schon sehr früh in der Polizeistation ein: Gino der Commissario, Oreste der Sergente, Michele, Fabio von der Bereitschaft und der Questore. Die Spurensicherung hat signalisiert, dass die Ergebnisse um halb neun Uhr vorliegen werden. Dottor Tommaso, der hiesige Leiter der Spurensicherung, kommt persönlich, um seine Ergebnisse vorzustellen.

„Guten Morgen, Dottore", begrüßt der ungeduldige Questore den Leiter der Spurensicherung. In seiner Stimme klingt sowohl die erwartete Anspannung als auch eine gewisse Vorfreude mit. Etwas anderes als ein positives Ergebnis kann er sich gar nicht vorstellen. Zum einen ist er stolz auf seinen Commissario und seine Mannschaft und auf der anderen Seite möchte er als Questore auch die Leistungsfähigkeit gegenüber dem kritischen Bürgermeister herausstellen. Der Questore kann es gar nicht erwarten, die Ergebnisse zu hören.

„Und? Was sagen die Analysen? So sprechen Sie doch!", platzt es aus dem Questore heraus.

„Guten Morgen, meine Herren. Ich sehe, dass sie es gar nicht erwarten können, die Ergebnisse zu hören. Wenn das mal immer so wäre. Sie wissen ja. Manchmal schreiben wir einen Bericht und bekommen tagelang keine Antwort. Für Rückfragen ist auf einmal niemand zur Stelle. Und diesmal ist es ganz anders. Ich habe das Gefühl, dass sie am liebsten selbst alle Analysen durchgeführt hätten. Na ja, hätten sie einen anderen Beruf ergriffen, so hätten sie diese Analysen auch durchführen können. Also meine Herren, ein bisschen Geduld!", kostet der Dottore diesen Moment ganz besonders aus.

„Eine sehr gute Idee, Dottor Tommaso. Wir übernehmen ihre Arbeit. Doch nun sprechen Sie!", beginnt der Commissario sich in dieses spannungsgeladene Gespräch einzumischen.

„Was soll ich ihnen sagen, meine Herren? Wir haben ein Paar Handschuhe erhalten, in denen Hautreste und DNA-Spuren zu finden waren. Ferner haben wir eine handelsübliche Wolldecke bekommen, die dem Opfer um den Körper gewickelt wurde. Wenn ich sie richtig verstehe, erwarten sie von mir, dass auch auf dieser Decke DNA-Spuren zu finden sind. Und wenn ich sie ganz richtig verstehe, dann erhoffen sie sich alle, dass mindestens eine DNA-Spur identisch ist. Habe ich das so richtig wiedergegeben?", beginnt der Dottore fast schulbuchmäßig den Vortrag seiner Ergebnisse.

„Wenn ich ehrlich bin, Dottore, das wissen wir alle schon. Wir würden uns sehr freuen, wenn Sie nun das Ergebnis ihres DNA-Vergleichs vortragen würden. Oder haben Sie noch eine Zwischenbemerkung, damit wir vor Spannung vor ihnen platzen? Wir stehen zwei Sekunden vor der Aufklärung und Sie frieren diesen Moment unnötig ein. Für Sie könnte er noch Tage dauern, doch uns läuft die Zeit weg. Also, haben Sie Ergebnisse, die uns bei der Aufklärung final nach vorne bringen?", insistiert der jetzt sehr ungeduldige Commissario.

„Meine Herren, ich habe verstanden. Doch einige Ausführungen zum Hintergrund müssen sie schon noch aushalten. Ich will nicht hoffen, dass jemand auf die glorreiche Idee kommt, eine DNA-Vergleichsapplikation auf dem Smartphone in die Diskussion einzubringen. Ich darf ihnen dies vorab so sagen. Auch für mich ist heute nicht der Moment, um ihre Spannung unnötig weiter auf die Spitze zu treiben", versucht der Dottore nochmals, die fachliche Qualität seiner Arbeit zu betonen.

„Dottore, wir wissen, wie hart Sie jedes Jahr für eine neue technische Ausstattung kämpfen. Und wir haben auch eine Idee, dass viele Entscheidungsträger denken, dass mit einem Smartphone und einer App nun alle technischen Fragen

gelöst sind. Spezielle Analyselabore, Labormit-
arbeiter und die ganze Mannschaft drumherum
werden angesichts der Digitalisierung immer
mehr infrage gestellt. Da scheinen dann einige
Entscheidungsträger beim Konflikt zwischen
mehr Mitarbeitern und technologischer Erneue-
rung eindeutig nur die knappen Mittel zu sehen.
Und der digitale Kompromiss ist dann eine billige
App. Doch das wirkliche Leben zeigt dann, dass
so etwas meistens teurer wird als vorher. Denn
unsere traditionellen Lösungen, so altmodisch sie
auch sein mögen, brauchen zwar länger, doch sie
ergeben sehr detaillierte Ergebnisse und sichern
unser soziales Miteinander. Und die neuen digitalen Technologien müssen dieses soziale Netz in
ihre Prozesse erst einbeziehen. Und dann kommt
immer noch die wichtige Frage, woher die
aktuellen Daten kommen und wie über vielfältige
Filter und Algorithmen die Relevanz und das Ergebnis zuverlässig ermittelt werden kann. Uns ist
das klar, dass ein bisschen digitale Träumerei zur
Zukunft und die Hoffnung des Sparens eine ganz
gefährliche Kombination für die polizeiliche Ermittlungsarbeit darstellen. Hoffen wir auf die
Einsicht, dass das Handwerk auch morgen noch
wertgeschätzt wird!", spannt der Questore einen
politischen Bogen zur digitalen Zukunft der
Polizeiarbeit. „Doch bitte, ihre Ergebnisse!",
klingt es nun fast fordernd vom Questore.

„Nun gut, nun gut. Ich verstehe, dass eine handwerkliche und solide Herleitung mit ein bisschen Hintergrund am heutigen Tag nicht erwünscht ist. Ich verstehe ja, dass sie vor Neugier platzen. Also kommen wir zu den Ergebnissen. Wir haben in den Handschuhen insgesamt DNA-Spuren von sieben verschiedenen Personen gefunden. Daraus schließe ich, dass diese Handschuhe von mehreren Personen getragen worden sind. Vielleicht waren Handschuhe zur damaligen Zeit teuer und selten. Auf alle Fälle haben wir sieben verschiedene DNA-Spuren. Auf der Decke lassen sich acht Spuren finden. Wie gesagt, es ist eine haushaltsübliche Decke und so können die Spuren beispielsweise von der Verkäuferin und den späteren Nutzern in einem Haushalt stammen. Und nun kommen wir zum Vergleich. Es zeigt sich, dass eine, und ich glaube auf diese Antwort haben sie gewartet, genau eine Spur identisch ist", fasst der Dottore sein Ergebnis knapp zusammen. In seiner Stimme schwingt eine kleine Spur Enttäuschung mit, denn er hätte sich nicht diese überstürzte Neugier nur des Ergebnisses gewünscht, sondern auch ein profundes fachliches Interesse der einzelnen Schritte. Am liebsten hätte er auch die Durchführung der Analysen und die Art und Weise der Feststellung des Vergleichs im Detail erläutert.

„Dottor Tommaso, uns ist ganz wichtig, dass Sie dieses Ergebnis sehr professionell ermittelt haben. Sie können sich vorstellen, dass in einem Strafverfahren vor Gericht genau diese DNA-Analyse von ganz besonderer Bedeutung ist. Denn wenn wir die Person finden, die genau zu dieser einen DNA passt, können wir sehr begründet von der Überführung des Mörders sprechen. Ich will nicht unerwähnt lassen, dass auch andere Begleitumstände passen müssen, zum Beispiel das Motiv und die Tatwaffe. Dottor Tommaso, bitte erläutern Sie uns, wie wir nun von dem Verdächtigen DNA-Proben nehmen können, damit Sie auch diese mit den bisherigen Analysen abgleichen können", zeigt der immer noch angespannte Commissario sein fachliches Interesse an der Arbeit vom Dottore und zugleich seine sehr stringente Aufklärungsambition dieses Mordfalls.

„Commissario, Sie sprechen mit dem Verdächtigen, klären ihn über seine Rechte auf und nehmen eine Hautprobe. Bei der Hautprobe kann ich ihnen gerne assistieren. Das können wir vor Ort machen oder wir laden die verdächtigen Personen in unser Labor ein. Das macht keinen Unterschied. Auf das Ergebnis müssen sie, meine Herren, auch nicht lange warten. Ich denke, dass wir in zwei Stunden belastbare Ergebnisse zeigen können", zeigt sich der Dottore nun auch in seiner

Sprache wieder versöhnlich. Auch, weil er das Interesse des Commissarios sieht und innerlich deutlich spürt, dass es eigentlich die Spurensicherung ist, die den Fall aufgeklärt hat. Für einen kleinen Moment denkt er schon an die Forderung für eine moderne technische Apparatur und zwei Assistenten. Er weiß natürlich auch, dass bei den wenigen Morden in dieser Gegend die Chancen sehr gering sind, diese Wünsche erfüllt zu sehen.

„Questore, ich möchte nun ein offizielles Verfahren gegen Edda einleiten. Der technische Direktor der Waffenfabrik hat bestätigt, dass sie diese Handschuhe getragen hat. Ferner hat der Direttore unserer Bank die hohen Bargeldabhebungen von Edda bestätigt. Wir gehen im Moment davon aus, dass bis vor zwei Jahren Vittorio seine uneheliche Tochter einmal im Jahr finanziell unterstützt hat. Wir gehen ferner davon aus, dass mit dem Tod seiner Frau der Ehemann sich diesen Umstand für eine Erpressung zu Nutze gemacht hat. Anscheinend war dies für Vittorio oder seine Frau zu viel und sie haben beschlossen, Jacques umzubringen. Wir gehen davon aus, dass Edda die Tat vollzogen hat. Ihr Umgang mit Waffen und auch die Anwesenheit von Vittorio auf der Bio-Messe sprechen eindeutig dafür. Wenn die DNA-Spuren von ihr mit den vorliegenden übereinstimmen, haben wir sie des Mordes an Jacques überführt. Was wir noch nicht einschätzen können ist die Beteiligung von Vittorio", fasst der Commissario seine Erkenntnisse und die nächsten Schritte zusammen.

„Und wie sieht das mit der Decke aus? Sie wissen doch, dass das Tatopfer fast wie eine Mumie eingewickelt war", hinterfragt der weiterhin skeptische Questore jedes Detail.

„Questore, Edda hat doch eine Ausbildung als Krankenschwester. Ich gehe davon aus, dass man das nicht verlernt."

„Dann können Sie ja voller Stolz auch ihr Vorurteil, dass die Großbauern an allem schuld sind, nun an einem Beispiel ganz besonders deutlich machen, oder?", spricht der Questore diese besonders politisch heikle Situation an.

„Es wäre zu schön gewesen. Doch leider, was heißt leider, doch leider hat nicht der Großbauer die Tat begangen. Ich gebe zu, dass ohne sein Verhalten und ohne die Tochter die Tat nicht vollzogen worden wäre. Doch am Ende, wenn er nicht beteiligt gewesen ist, ist er unschuldig. Und meine große Theorie hat mit diesem Fall dann nichts zu tun. Ich werde nur nicht müde zu betonen, dass mit der Abkehr von einer lebendigen Stadt mit Einwohnern in festen Berufen durch den Tourismus am Ende alle irgendwie Barkeeper und Saisonarbeiter geworden sind. Der eine direkt und der andere indirekt, denn er muss Wohnungen vermieten oder Wohnungen bauen. Das hat mit einer lebendigen Stadt nichts mehr zu tun. Und die Natur? Tja, da empfehle ich jedem, am Samstag früh nur einmal ganz tief durch die Nase einzuatmen. Es stinkt nach Smog. Und dann schauen wir uns die umliegenden Wiesen und Felder an. Und dann sehen wir, dass es im letzten Sommer kaum Insekten gegeben hat und die Zahl der Singvögel auch stark gesunken ist. Das kann man doch nicht leugnen. Und dann kann ich auch noch die ganzen Allergien der Menschen auf- zählen. Am Ende freuen sich unser Bürgermeister und die wenigen Großbauern, dass ihr Geschäft aufgegangen ist. Doch zum Glück haben wir bald Bürgermeisterwahlen und ich hoffe, dass es hier zu einem Wechsel kommt. Zu einem Wechsel hin zu einer nachhaltigen Entwicklung unserer ge- liebten Stadt. Da spielen die Touristen eine Rolle, aber nicht die einzige Hauptrolle, die vergeben wird!", wird der Commissario nun mit seinen naturbezogenen Überzeugungen nochmals sehr deutlich.

„Wenn wir jetzt Vittorio und Edda offiziell zur Abgabe einer DNA-Probe einladen und einbe- stellen, müssen wir uns ganz sicher sein. Wenn der Schuss nach hinten losgeht, macht uns der Bürgermeister Feuer auf dem Dach. Also, bevor

wir diesen Schritt tun, versichern wir uns nochmals, welche anderen Analysen und Ermittlungen eventuell zu anderen Verdächtigen führen
könnten. Und nur wenn die überzeugendste Spur
zu Vittorio und Edda führt, werde ich den notwendigen nächsten Schritt unterstützen!", macht
der Questore nochmals die politisch heikle Di-
mension dieses Falls deutlich.

„Questore, bei einem Arbeiter von einem
Bauernhof hätten wir diese Skrupel nicht gehabt,
oder?", kämpft der Commissario energisch für
seinen Standpunkt.

„Und, was wollen Sie genau?", will der
Questore fordernd wissen.

„Keine unnötigen Analysen rechts und links.
Keine Rechtfertigungen. Als ob die Liste poten-
tieller Täter so lang ist. Alle Aspekte, das Motiv,
der Zugang zur besonderen Tatwaffe, die Begleitumstände und die DNA-Spuren führen alle zu
den beiden Personen. Was sollen wir dann noch
prüfen? Als ob noch ein großer Unbekannter um
die Ecke kommt und er vor lauter Zufall am
Sonntag früh Jacques erschossen hat", versucht
der Commissario ein zweites Mal, hartnäckig
seinen Questore zu überzeugen.

„Ja, genau! Es könnte auch ein Wahnsinniger gewesen sein, der aus völlig zusammenhangslosen persönlichen Motiven an diesem Sonntag früh diesen Jacques erschossen hat", eröffnet der Questore eine zusätzliche denkbare Alternative.

„Und warum sollte er sich dann zu einer Verabredung treffen, um dann von ihrem großen Unbekannten erschossen zu werden, ohne dass die zweite Person der Verabredung später am Tatort auftaucht und uns dies im Rahmen der Ermittlungen mitteilt. Nein. Das glaube ich auf keinen Fall! Die zweite Person hätte sich gemeldet. Und an den Zufall, dass gleich zwei Personen unseren Jacques erschießen wollen, glaube ich nicht!", bezieht der Commissario einen klaren Standpunkt.

„Also gut, beginnen wir mit dem offiziellen Verfahren wegen Mordes gegen Edda und wegen Beihilfe gegen Vittorio!", schwenkt der Questore letztlich ein.

„Questore, angesichts der Fluchtgefahr und des Tatverdachtes schlage ich einen Haftbefehl gegen die beiden vor, damit wir ohne Risiko weiter ermitteln können. Sind Sie damit auch einverstanden?"

„Geht das nicht ein Stück zu weit? Wir könnten sie bitten, ins Labor zu gehen", schlägt der Questore einen Kompromiss vor.

„Auf gar keinen Fall. Dann kommen sie nicht mit und sind gewarnt. Ich denke, wir können den Sack zumachen und sollten uns da keinen Fehler leisten. Denken Sie an die warnenden Worte des Bürgermeisters."

„Die Worte des Bürgermeisters haben Sie aber jetzt sehr weit ausgelegt."

„Questore, er sprach doch von klaren Beweisen. Und die wollen wir liefern. Nicht, dass unser schöner Ort noch wochenlang mit der Auflösung dieses Falles beschäftigt ist und dies alle Touristen verschreckt."

„Werden Sie nicht schlitzohrig. Sie drehen unserem Bürgermeister ja das Wort im Munde herum."

„Ich nehme ihn nur bei seinem Wort!", schmunzelt der Commissario zurück. „Also Questore, besorgen Sie die Haftbefehle?"

„Das kann ich tun. Ich spreche sofort mit dem Richter. Geben Sie mir etwas Zeit. In der Zwischenzeit können sie ihre Abfahrt vorbereiten. Wissen sie, wo sich die beiden gerade aufhalten?"

„Ja, das wissen wir. Sie haben einen offiziellen Termin beim Bürgermeister. Sie wissen, wir haben in ein paar Tagen Bürgermeisterwahl und unsere beiden Verdächtigen unterstützen ihn natürlich mit vollem Herzen."

„Sie wollen doch wohl nicht einfach dort hineinplatzen und die beiden festnehmen?", bringt der Questore seine Skepsis klar zum Ausdruck.

„Naja, vielleicht wäre dies keine gute Idee. Dennoch, sie ahnen alle nichts und werden wohl kaum von der eigenen Wahlkampfveranstaltung fliehen. Ich denke, wir warten ab bis diese vorbei ist und schauen dann, wohin die beiden gehen. Vielleicht gehen sie auch direkt nach Hause. Dann können wir die Verhaftung vornehmen, wenn sie zu Hause ankommen. Das gibt uns die Möglichkeit, sie zu vernehmen und gleichzeitig die DNA-Proben zu nehmen", unterbreitet der Commissario einen guten Kompromiss und hofft, den Questore damit final zu überzeugen.

„Dann aber in ziviler Kleidung. Da nehmen wir auch noch ein Stück die mediale Aufmerksamkeit zurück. Das ist mir wichtig. Also in ein paar Minuten am Tor!", gibt der Questore nun eine klare finale Anweisung.

(16) Die Verhaftung

Eine Polizeistreife in Zivil beobachtet die Ein- und Ausgänge der Wahlveranstaltung des Bürgermeisters mit seiner Partei der Zukunft. Vor dem Wohnhaus von Vittorio und Edda hat sich ein Bereitschaftswagen der Polizei positioniert. Zwischen den beiden Gruppen besteht permanenter Funkverkehr. Als die beiden Tatverdächtigen die Veranstaltung verlassen, wird genau beobachtet, wohin sie gehen. Ohne große Umwege gehen sie in Richtung ihres Wohnhauses, das fünf Gehminuten entfernt liegt. Die zivile Polizeistreife hält den Bereitschaftswagen auf dem aktuellen Stand und kündigt das Eintreffen vor dem Wohnhaus in wenigen Minuten an. Die Anspannung ist zu spüren. Der Druck zur Aufklärung der Tat in den letzten Tagen war einfach zu groß. So sehen der Commissario und seine Mitarbeiter in dem Bereitschaftswagen die beiden Zielpersonen auf das Haus zugehen. Anscheinend ist die Tarnung perfekt. Nichts wird bemerkt und als die beiden bei der Eingangstür sind, steigen der Commissario und der Sergente aus dem Bereitschaftswagen und alle vier Personen treffen sich unmittelbar vor dem Eingang des Hauses.

„Guten Abend, Edda. Und guten Abend, Vittorio!", begrüßt der Commissario die beiden

ganz offiziell. „Wie sie wissen, leite ich die Ermittlungen im Mordfall auf unserer Piazza. Edda,
Sie stehen unter dem dringenden Tatverdacht, die
Tat letzten Sonntag begangen zu haben. Wir
würden gerne die folgenden offiziellen Gespräche in ihrer Wohnung führen und nicht auf
der Straße. Sind Sie damit einverstanden? Bitte
machen Sie kein Aufsehen!", erklärt Gino die
Lage.

„Was? Was soll meine Frau gemacht haben?
Das kann ich nicht ganz glauben!", verteidigt
Vittorio spontan und mit voller Leidenschaft
seine Frau.

„Bitte!", insistiert der Commissario.

„Einverstanden. Ich hoffe für Sie, dass ihre
wirren Anschuldigungen stimmen. Unerhört. Sie
wissen, welche Rolle ich in dieser Stadt habe.
Und Sie beschuldigen meine Frau, und damit
natürlich auch mich, diese ungeheure Tat begangen zu haben. Wehe, wenn Sie hier nur eine
Luftnummer abziehen und sich aufplustern. Sie
werden schon sehen, welchen Einfluss der Bürgermeister hat!", verteidigt sich Vittorio in alle
Richtungen, ohne dabei auf ein Mindestmaß an
Höflichkeit Wert zu legen.

„Das können wir in ihrer Wohnung sehr gut
besprechen. Ich glaube, es ist besser, dass wir die

Diskussion nicht auf der offenen Straße, sondern in ihrer Wohnung besprechen. Bitte schließen Sie die Haustüre auf, damit wir alle hineingehen können", versucht der Commissario, die Emotionen zu bändigen.

Edda schließt die Türe auf. Sie ist ganz seltsam still und ihre Augen schauen in die Ferne, ohne dass sie dabei etwas sehen kann. Ihre Augen sind ohne Glanz und ihre Schultern fallen ein Stück in sich zusammen. Doch dann scheint sie urplötzlich zu erwachen und antwortet blitzschnell: „Kommen sie bitte herein, meine Herren. Am besten ins Wohnzimmer. Darf ich ihnen etwas zu trinken anbieten?"

„Danke, nein. Und nun ganz offiziell. Edda, gegen Sie besteht der dringende Tatverdacht, Jacques letzten Sonntag früh auf unserer Piazza erschossen zu haben. Wir haben vom hiesigen Richter einen Haftbefehl gegen Sie erwirkt. Dieser wurde von ihm unterschrieben und wir nehmen Sie hiermit vorläufig fest. Für die weiteren Ermittlungen werden wir nun eine DNA-Probe nehmen. Wenn Sie einverstanden sind, Vittorio, dann werden wir auch eine Probe von ihnen nehmen. Sie haben das Recht, die Aussage zu verweigern und einen Anwalt herbei zu ziehen. Das Recht unsererseits, dass wir eine DNA-Probe nehmen, können Sie uns allerdings nicht verweigern. Ich rufe jetzt Dottor Tommaso, der diese Probe nehmen wird. Sind Sie damit einverstanden? Wenn Sie damit nicht einverstanden sind, führen wir Sie unter Polizeigewahrsam in ein offizielles Untersuchungslabor und werden diese Probe dann gerichtlich anordnen. Ich würde mich freuen, wenn wir dies hier erledigen könnten. Einverstanden?", spult der Commissario offiziell die nächsten Schritte ab und vergisst dabei nicht, die formalen Rechtshinweise zu erläutern.

„Keine Sorge, Herr Commissario. Ich bin einverstanden. Vittorio, mein Schatz, könntest du mir ein Glas Wasser aus der Küche holen? Mir geht es im Moment überhaupt nicht gut."

„Edda. Was ist los? Solltest du etwa …?", stammelt Vittorio einen unausgesprochenen Verdacht, ohne ihn im Moment vollständig aussprechen zu können.

Es klingelt an der Tür und der Dottore tritt mit seinem Arztkoffer in die Wohnung der Familie ein. Das Nehmen der DNA-Probe ist Routine für ihn. Nach zwei Minuten ist alles erledigt und er verabschiedet sich von den Polizisten.

„Commissario, ich denke in gut zwei Stunden haben wir ein eindeutiges Ergebnis."

„Danke, Dottore. Danke nochmals."

„Edda, so sprich doch. Was ist passiert? Ich glaube, es ist besser, wir rufen unseren Anwalt, damit wir in dieser Sache keine Fehler machen. Bei den Polizisten, insbesondere denen ohne Zukunft, kann ich nicht immer beurteilen, wo die Grenze zwischen Ermittlung und Gesetz liegt."

„Sergente, lassen Sie nur. Ich denke, es ist der Stress. Begleiten Sie Vittorio zum Telefon, damit er den Anwalt der Familie anrufen kann", beruhigt der Commissario mit seiner Stimme die sichtlich angespannte Lage.

„Avvocato, Avvocato. Ich bin es, Vittorio. Sie müssen sofort kommen. Ein ungeheuerlicher Vorwurf steht im Raum. Ein Commissario hat einen Haftbefehl gegen meine Frau erwirkt. Sie soll den schrecklichen Mord auf der Piazza letzte Woche begangen haben. Bitte kommen Sie sofort und lassen alles stehen und liegen. Und eine Bitte. Informieren Sie den Bürgermeister. Er soll alle Hebel in Bewegung setzen, um diesen übermotivierten Commissario zu stoppen!", gibt Vittorio klare Anweisungen an seinen Anwalt.

Silvio, der Avvocato, erreicht ein paar Minuten später das Haus der Familie. Auch er war auf der Wahlkampfveranstaltung des Bürgermeisters. Schnell hat sich herumgesprochen, welcher Vorwurf gegen die überaus geschätzte Edda im Raum steht. Der Bürgermeister schäumt vor Wut und seine Ausdrücke lassen sich kaum wiederholen. Doch selbst sein unwirscher Anruf beim Questore findet keine Beachtung. Der Questore verweist auf die detaillierten Ermittlungen seines Commissarios und den offiziellen Haftbefehl des Richters. Nach einem kurzen Dialog fügt sich der Bürgermeister und zumindest äußerlich lassen seine Beschimpfungen nach. Innerlich überlegt er schon, wie er die ganze Sache stoppen kann. Er denkt dabei nicht nur an den Schaden für die Stadt, sondern insbesondere an die anstehende Bürgermeisterwahl in ein paar Tagen. Da ist ihm doch das Hemd näher als die Jacke. Insofern entscheidet er, nicht zum Haus von Vittorio zu gehen, denn die Nähe von ihm zu einem potenziellen Mörder könnte seine Wiederwahl gefährden. Ein kalter Gedanke, doch fürs politische Überleben erscheint er ihm mehr als zweckmäßig.

Alle Versuche von Freunden der Familie, das Haus zu betreten, werden von der Polizei zurückgewiesen. Als sich die Lage ein bisschen vor der Haustür beruhigt, entscheidet der Commissario, dass Edda in Gewahrsam auf die Polizeistation gebracht werden soll. Er bittet sie deswegen, die notwendigen Sachen zum Waschen und Umziehen in einem kleinen Koffer vorzubereiten und mitzunehmen. Eine Polizistin begleitet sie ins Bad und ins Schlafzimmer. Die Fahrt in die

Polizeistation verläuft unspektakulär. Silvio, der befreundete Anwalt der Familie, verfolgt die einzelnen Schritte und erkennt, dass er vorerst nichts unternehmen kann. Alle Versuche, diesen Prozess zu stoppen, erweisen sich als wirkungslos. So kommen nach ein paar Minuten alle Beteiligten in der Polizeistation an. Michele, der Polizist, ist sichtlich erstaunt über den großen Auflauf und weiß gar nicht, wen er zuerst wohin begleiten soll.

„Michele, ich überstelle Edda ganz offiziell. Sie verbringt mindestens die nächsten zwei Tage in Polizeigewahrsam hier in der Station. Danach werden wir entscheiden, ob wir sie in eine Vollzugsanstalt verbringen werden. Ich möchte darum bitten, Edda vor dem Einbringen in ihre Haftzelle gründlich zu untersuchen, damit jeder Versuch der Selbstverletzung oder Selbsttötung ausgeschlossen werden kann."

„Selbstverständlich, Commissario. Selbstverständlich!", nimmt Michele den Auftrag entgegen.

„Edda, hier entlang bitte."

„Ich möchte unverzüglich mit meiner Mandantin sprechen!", fordert der Avvocato in schroffem Ton.

„Nur die Ruhe, Herr Anwalt. Doch geben Sie uns noch fünf oder zehn Minuten, damit wir die Einweisung offiziell und sicherheitstechnisch vornehmen können. Danach können Sie ungestört mit ihrer Mandantin sprechen. Bitte warten Sie solange im Aufenthaltsraum. Hier vorne rechts. Wenn Sie einen Espresso möchten, dann haben wir einen Espressoautomaten. Kleingeld müssten Sie allerdings haben", begleitet der Commissario den Anwalt in eine Wartezone der Polizeistation.

„Nur unter Protest."

„Selbst dann. Bitte warten Sie hier. Wir rufen Sie", erwidert der Commissario in strengem Ton.

Nach einigen Minuten ist die Sicherheitskontrolle von Edda abgeschlossen und es kann die Einweisung in eine Zelle vorgenommen werden. Der Avvocato hat nun Gelegenheit, mit seiner Mandantin zu sprechen.

„Edda, ich bin bei dir. Mach dir keine Sorgen. Wir kriegen das schon wieder hin. Ich bin sicher, dass an der ganzen Sache nichts dran ist", tröstet der Avvocato seine Mandantin.

„Sorgen? Sorgen habe ich mir noch nie gemacht. Ich lasse, wie immer, alles auf mich zukommen. Ich bin gespannt, wie sie einen solchen Mord beweisen wollen. Die können gar keine

Beweise haben. Niemand war am Morgen auf der Piazza Carli. Und niemand kennt die Hintergründe. Noch nicht einmal Vittorio."

„Wie bitte? Weißt du, was du da sagst? Warst du es etwa?", antwortet der Anwalt konsterniert.

„Ich muss ihnen die ganze Geschichte später einmal erzählen. Aber warten wir ab, was sie zusammengetragen haben. Vielleicht reicht es nicht. Und dann bin ich wieder frei und der Commissario ist erledigt. Vielleicht auch der Questore. Aber auf alle Fälle sind die ganzen Leute, die nicht die Zukunft unserer Stadt sehen, erledigt und verschwinden endlich von der aktiven Bühne. Diese Personen haben keine Zukunft. Warum sind die meisten Leute nur so blind und kleben an ein paar Bienen und ein paar Blumenfeldern? Sehen sie denn nicht die Zukunft?", visioniert Edda, ohne den Bezug zum Mordfall herstellen zu wollen.

„Edda. Hör jetzt gut zu. Sag einfach nichts. Es ist eine gute Idee, auf die Fehler der anderen zu warten. Und dann kommt unsere Stunde. Und dann werden wir sehen, wie der Questore und der Commissario sich bald schämen werden, die große Edda mit einem solch ungeheuren Verdacht zu konfrontieren!", bestärkt der Avvocato seine Mandantin.

Edda verbrachte die erste Nacht ihres Lebens in einer Gefängniszelle. Vittorio, dessen Haftbefehl nicht vom Richter unterschrieben wurde, kam noch spät abends vorbei, um seiner Frau Kraft und Zuspruch zu spenden.

(17) Die Ermittlungen können abgeschlossen werden

Am nächsten Morgen, schon ganz früh, kommt Dottor Tommaso auf die Polizeistation.

„Guten Morgen, Commissario. Ich weiß, dass Sie keine lange Vorrede schätzen. Damit darf ich gleich zu den Ergebnissen kommen. Die gestern genommene DNA-Probe, genauer gesagt die zwei Proben von Edda, haben eine hundertprozentige Übereinstimmung mit der Probe in den Handschuhen und den Spuren auf der Decke. Es muss also Edda ihre Hände in den Handschuhen gehabt haben und in Kontakt mit der besagten Decke gewesen sein. Dieser Befund ist eindeutig."

„Wir sind, glaube ich, am Ziel. Die Ermittlungen können wir nun abschließen. Alle wesentlichen Elemente unserer Polizeiarbeit belegen das gleiche Ergebnis. Aus dem Verhalten von Vittorio schließe ich, dass er mit dem Mord an

Jacques nichts zu tun hat. Doch seine heile Welt, die nun zusammenbricht, wird Strafe genug für ihn sein", erklärt Gino den Abschluss seiner Ermittlungen.

„Und das alles ohne Big Data und Predictive Analytics. Wenn das der Bürgermeister wüsste. Ich glaube dies sogar im doppelten Sinne. Einmal, weil wir ohne seine geliebten Zukunfts- themen zum Ziel gekommen sind. Und zum anderen, weil wir dem Heiligenschein der Groß- bauern einen dicken Kratzer versetzt haben. Das hat der Bürgermeister, glaube ich, sich nicht in seinen kühnsten Träumen vorstellen können. Vielleicht glaubt er es auch nicht. Auf alle Fälle ist dieses Ergebnis auch für seine Zukunft wichtig. Ich bin mal gespannt, wie seine Wieder- wahl ausgeht. Denn er steht ja ganz eindeutig für eine sehr gute Beziehung zu den Großbauern", versucht Oreste aus seiner Missachtung gegen- über dem Bürgermeister keinen Hehl zu machen.

„Ich glaube allerdings nicht, dass es die Bienen oder die Blumen sind, die für die Bevölkerung den Ausschlag der Wahl geben. Ich glaube, dass es die Nähe des alten Systems der Großbauern mit dem Bürgermeister ist, die ihm am Ende schaden wird. Vielleicht ist es auch eine indirekte Verachtung der breiten Bevölkerung, die von seiner goldenen Zukunft am Ende nicht deutlich genug profitiert. Doch Oreste, seien wir ehrlich, den Mord haben wir aufgeklärt, doch die Wahl können wir nicht entscheiden. Vielleicht beeinflussen wir ein paar Wähler und vielleicht erhält der Bürgermeister einen Denkzettel. Doch genau wissen wir es erst am nächsten Sonntag", resümiert der Commissario.

„Immer wieder am Sonntag. Die ganze Menschheitsgeschichte entscheidet sich am Sonntag", philosophiert Oreste.

„Dann lassen Sie uns mit Mut und Zuversicht zur Wahl des Bürgermeisters gehen. Wir haben jetzt die wichtige Aufgabe, unserer Tatverdächtigen darzulegen, warum wir sie verhaftet haben", gibt sich der Commissario einerseits hinsichtlich der Ermittlungen gelassen und andererseits hinsichtlich der Wahl noch leicht skeptisch.

(18) Die Verteidigung der Angeklagten

Am nächsten Tag findet schon die erste Anhörung der angeklagten Edda vor dem lokalen Richter statt. Der Staatsanwalt wurde durch die Ermittlungsergebnisse sehr gut vorbereitet. Er verliest die Anklage und begründet seinen Standpunkt mit den Fußspuren, den DNA-Spuren, dem Motiv, den Auszahlungen, der Möglichkeit von der Messe zurückzukommen und den versierten Fähigkeiten im Umgang mit Waffen und den Decken. Der Richter fragt Edda, ob sie sich schuldig bekennt.

„Herr Richter, diese Anschuldigungen sind absolut haltlos. Natürlich unschuldig. Und Sie werden sehen, dass ich ihnen alle Punkte widerlegen kann!", erklärt sich Edda mit klaren Worten.

Dann geben Sie uns einen detaillierten Einblick in ihre Version!", fordert der Richter Edda unmissverständlich auf.

„Zum ersten, ich war gar nicht am Tatort, da ich die ganze Nacht bei meinem Mann auf der Messe war. Befragen Sie ihn und er wird dies anschließend bezeugen. Zum zweiten, der Hinweis mit den Fußspuren ist absolut haltlos. Ich gehe immer durch diese Gasse, wenn ich in die Kirche gehe. Ich parke mein Auto in der kleinen Garage, gehe durch die Gasse und dann in die Kirche. Natürlich findet man dann auch meine Spuren. Was denn sonst! Zum dritten, die Waffe. Ja, ich kenne die besagte Waffe sehr gut. Doch wo ist der Beweis, dass ich geschossen habe? Die Schmauchspuren in der Decke beweisen nicht, dass ich die Waffe benutzt habe, oder? Und wo ist die Tatwaffe? Meine Waffen zuhause sind alle unbrauchbar. Das weiß unser Commissario sehr gut. Und ihr Vorwurf zu meinen Spuren auf der Decke. Meine Herren, ich bin auf so vielen Veranstaltungen und habe mich mit so vielen Decken gewärmt, dass ich mich gar nicht erinnern kann, wann welche Decke. Die kann von jedem aus dem Ort oder sonst woher stammen. Zum vierten, der Geldbetrag. Herr Richter, wir haben eine ganz ernste Bankenkrise. Da haben wir lieber unser Geld bei uns zu Hause sicher aufbewahrt. Zinsen gibt es zurzeit sowieso keine. Also hebe ich lieber einen größeren Betrag ab, um ganz sicher zu sein. Ich gebe zu, dass der Commissario bei all diesen genannten Indizien glauben muss, dass damit alles Belastende auf mich zuläuft. Doch ich kann nicht am Tatort am Sonntagmorgen gewesen sein. Und ich war auch nicht dort. Daher ist es meines Erachtens folgerichtig, den ausgestellten Haftbefehl aufzuheben und mich unverzüglich freizulassen. Silvio, mein Anwalt, kann dies mit Sicherheit in besserem Juristendeutsch erklären", verteidigt sich die Angeklagte selbst.

Der Richter schaut den Commissario an.

„Herr Commissario, Sie haben Edda gehört. Wo ist der ultimative Beweis, dass sie die Tat begangen hat?", fordert der Richter den finalen Beweis ein.

„Herr Richter, das Zusammenspiel aller Argumente gibt uns die feste Überzeugung, dass sie es geplant und getan hat!", argumentiert Gino.

„Meine Herren, ich bitte sie! Das Zusammenspiel. Dies ist schon ein bisschen wenig. Angesichts der drohenden Strafe bei einer solchen Tat, kann ich etwas mehr an klaren Beweisen verlangen. Ich gebe dem Antrag der Angeklagten statt und hebe hiermit den Haftbefehl auf. Edda, Sie können den Gerichtssaal als freie Person ohne Auflagen und ohne Verlust an Ansehen verlassen. Meine Damen und Herren, bitte erheben sie sich. Die Sitzung ist beendet!", erklärt der Richter und schließt die Sitzung.

Alle Beteiligten der Polizei sind konsterniert. Der sichtlich irritierte Questore fragt sich, wie eine solche Katastrophe passieren konnte. Dem Commissario fehlt die Sprache. Der Sergente kann es nicht fassen und ringt nach Worten. Vittorio, Edda, ihr Avvocato und der Bürgermeister sind voller überschwänglicher Freude und voll des Triumphes über die sogenannten Gestrigen. Der Bürgermeister denkt schon zwei Schritte weiter.

„Meine Lieben, wir sollten dies zum Anlass nehmen, unsere Zukunftsideen von Asiago noch bekannter zu machen, damit nichts mehr unseren Wahlsieg gefährden kann. Und dann sollten wir anfangen, daran zu arbeiten, dass auch unsere Polizei zukunftsfähig wird. Und dazu gehört für mich auch zukunftsfähiges Personal. Sie verstehen mich, meine Herren?", gibt sich der Bürgermeister sehr siegessicher und überlegen.

Alle Beteiligten an diesem Gerichtstermin gehen nun mit sehr unterschiedlichen Gefühlen ihre Wege.

Zuhause angekommen wendet sich Vittorio an seine Frau.

„Du weißt, dass ich gelogen habe. Ich weiß, dass du am Morgen sehr früh mit dem Wagen losgefahren bist und erst kurz vor neun Uhr wieder auf der Messe warst. Du denkst, ich hatte dies nicht gemerkt. Wie hast du die Fotos an der Mautstation verhindert? Und hat dich wirklich keiner gesehen?"

„Sie können mir und dir nichts beweisen. Ja, ich habe dich immer gedeckt. Deine zahllosen Liebschaften habe ich schweren Herzens immer toleriert. Deine Tochter haben wir nie anerkannt. Das ist dein Preis, den du bezahlen musstest. So haben wir dies damals vereinbart. Dafür haben wir sie jedes Jahr bezahlt, damit sie keine Ansprüche stellt. Bis ihr Ehemann Jacques mich im Frühjahr anrief und eine deutlich höhere Summe verlangte. Ansonsten würde er sich als unser Erbe

ins Spiel bringen und deine Vaterschaft beweisen. Doch dies wollte ich auf keinen Fall akzep-
tieren. Ich habe dann mit ihm die Sache ver-
handelt. Mit dem hohen Einmalbetrag war er
letztlich einverstanden. Und strikte Vertraulich-
keit war dabei meine absolute Bedingung. Ich
habe ihm auch den Vorschlag der Übergabe am
frühen Sonntagmorgen gemacht und dafür auch
unsere Eröffnung um eine Stunde verschoben.
Auch du musstest bei der Eröffnung der Messe
als Alibi dabei sein. So mein Plan. Die Sache ging
sehr schnell. Es war absolut keiner auf der Straße.
Die Mautstation habe ich umfahren. Da kann uns
absolut nichts passieren. Und die Fotostationen
kenne ich. Du siehst, die Polizei hat sich am Ende
bis auf die Knochen blamiert. Was wollen die
denn jetzt noch machen? Und nach der Wahl des
Bürgermeisters wird er anfangen, die Personen
wegzuloben und es werden neue Personen
kommen, die uns gewogen sind. So einfach. Also,
halt still. Lass deine Liebschaften mal ein paar
Wochen ruhen. Ist das klar! Wenn du die Macht
willst, musst du Opfer bringen, lieber Vittorio!",
gibt sich Edda kühl und kämpferisch zugleich.

„Du hast immer klare Ideen. Du bist immer
sehr berechnend gewesen. Du hattest immer klare
Ziele. Und du hast sie auch immer erreicht. Da
macht dir keiner was vor."

„Du hast auch gut profitiert. Ohne mich hättest du deine Position hier im Ort nicht halten können. Da fehlt dir ein bisschen Weitsicht, Strategie, Biss und Kälte!", macht Edda ihre Leistung in der Familie sehr deutlich.

„Ich denke, wir beide haben davon profitiert. Wenn auch nicht immer als perfektes Ehepaar."

„Aber als Familie. Und ich bin auch gerne bei dir. Obwohl ich manchmal auch sehr tolerant sein musste. Deine Liebschaften sind für mich stets eine starke seelische Belastung gewesen."

„Tolerant. Das muss ich jetzt auch sein. Denn einen solchen tödlichen Schritt habe ich nie in Betracht gezogen. Das weißt du."

„Das hättest du auch nie gekonnt. Jetzt lass mal Gras über die Sache wachsen und dann den Bürgermeister seinen Job machen. Du wirst sehen. Und unser Geheimnis nehmen wir beide am Ende mit ins Grab. Und die Waffe finden die von der Polizei sowieso nicht. Die bekommen nie die Beweise, die sie final brauchen."

„Wie du nur so etwas sagen kannst?", spricht Vittorio mehr zu sich selbst als zu seiner Frau.

„Vertrau mir und lass gut sein!", beendet Edda den aufklärenden Dialog.

Das Paar (auch Titelbild)   *© Darr 2018*

(19) Der finale Beweis

In der Polizeistation herrscht eine katastrophale Stimmung. Alle sind am Boden zerstört. Wut steigt auf und keiner kann etwas sagen. Selbst der sonst optimistische Capitano Alberto ist zugegen und sucht einen neuen Weg.

„Die hat uns eiskalt ins Leere und ins Messer laufen lassen. Sie hat noch nicht einmal lange argumentiert. Uns hat schlicht der finale Beweis gefehlt. Es hätte einer beim tödlichen Schuss mit einer Kamera auf der Piazza Carli danebenstehen müssen", versucht nun Capitano Alberto, als erster das Gespräch zu eröffnen.

„Doch auch dann, lieber Alberto, hätte sie es geleugnet!", gibt sich der Commissario in dieser Frage kraft- und mutlos.

„So etwas habe ich in meinem ganzen Leben noch nicht erlebt. Alle Indizien sprechen dafür und am Ende geht die Angeklagte wie ein unbezwungener Superstar aus dem Gerichtssaal. Triumphierend und keine Spur von Reue. Und mit dem spürbaren Gefühl der Rache gegenüber der Polizei. Unglaublich. Doch das kann noch nicht das Ende gewesen sein. Das darf es auf keinen Fall!", baut der Capitano nun seine Kollegen moralisch wieder auf.

„Meine Herren, wir haben somit leider zwei schlechte Nachrichten. Zum einen ist der Mörder noch auf freiem Fuß. Und dann wird der Bürgermeister alles in Bewegung setzen, um uns zum Südpol zu verfrachten. Der einzige Trost wird sein, dass er erst nächste Woche nach der Wahl damit starten wird", gibt auch der Questore ein düsteres Bild der nahen Zukunft.

„Alberto, was hast du da gerade gesagt? Kamera! Genau! Wenn Edda es war, und das glaube ich immer noch, dann ist sie mit dem Auto gekommen. Die Autobahn konnte sie auf keinen Fall nehmen. An der Mautstation hätten wir ein Foto von ihr. Also nimmt sie die Überlandstraße. Doch auch da haben wir Kameras stehen. Ganz wenige. Sergente, bitte sofort alle Filme vom Sonntagfrüh anfordern und prüfen. Wenn ja, dann haben wir einen Baustein mehr. Vielleicht den wichtigsten Beweis. Mehr noch. Sie hat vor dem Richter gesagt, dass sie die ganze Nacht auf der Messe bei ihrem Mann war. Und dann hätte sie gelogen. Und dann reichen auch unsere Indizien. Los geht's. Wir haben noch nicht verloren!", gibt sich der Commissario auf einmal sehr kämpferisch.

„Und wenn nicht?", fragt der Questore.

„Falsche Frage, Questore!", blickt der Capitano weiterhin nur nach vorne.

„Und wenn nicht, Questore. Dann fangen wir leider wieder von vorne an. Oder unsere Nachfolger. Doch daran mag ich gar nicht denken!", zeigt der Commissario jetzt sein wiedererwachtes ganzes Kämpferherz.

Bevor die Herren den Raum verlassen können, stürmt Michele herein.

„Questore, Questore. Unser Dottor Tommaso hat gerade angerufen. Er wollte eigentlich direkt in den Gerichtssaal kommen. Doch da habe ich ihm vom Verlauf der Verhandlung erzählt. Dann hat er was von Budgetknappheit und den Fehlern der Führung gesagt. Ganz verstanden habe ich es allerdings nicht. Auf alle Fälle will er uns sofort etwas ganz Entscheidendes zeigen. Wir sollen noch ein paar Minuten warten, hat er gesagt", erklärt Michele den dringenden Wunsch vom Dottore.

„Vielleicht, vielleicht haben wir sogar mehr als nur einen Baustein? Wer weiß?", orakelt Gino so vor sich hin, während der Questore noch skeptisch ist und der Sergente gerne die Filme beschaffen würde. So tief steckt die Wut in ihm nach dieser unvergesslichen Gerichtssitzung. Deshalb geht er einfach hinaus und macht sich an die Arbeit, ohne den Dottore abzuwarten.

„Meine Herren, schön, dass sie auf mich gewartet haben. Mit etwas mehr Budget wäre ihnen
diese Peinlichkeit heute nicht passiert. Doch
vielleicht lernen sie daraus und bewilligen
endlich mehr Personal und Sachmittel, wenn sie
schnelle und gute Ergebnisse wollen", beginnt
der Dottore wie immer seine einleitenden Worte.

„Was genau meinen Sie, Dottore?", versucht
der Questore das Thema auf die Ermittlungen zu
lenken.

„Edda ist bei ihnen eingeliefert und sicherheitstechnisch überprüft worden. Dabei hat sie
auch die offizielle Kleidung eines Gefangenen
erhalten. Ihre Kleidungsstücke habe ich darauf-
hin in alle Richtungen untersucht. Ja, Questore,
ohne Mitarbeiter und ohne Analysemittel hat dies
dann länger gedauert. Bis heute Morgen eben.
Mit einer professionellen Ausstattung wäre dies
in ein paar Stunden erledigt gewesen!", blickt der
Dottore noch einmal auf seine klamme Aus-
rüstung zurück.

„Und?"

„Die Jacke von Edda enthielt zwei Dinge.
Einen Zettel der chemischen Reinigung von vor-
letzter Woche und, meine Herren, Schmauchspuren von Schwarzpulver. Die Jacke war vor,
und ich betone nochmals, vor der Tat in der

Reinigung und eventuelle Schmauchspuren wären dann nicht mehr nachweisbar. Das heißt, wer diese Jacke trug, der hat den Schuss nach der Reinigung, zum Beispiel Sonntagfrüh, abgegeben. Und Edda trug die Jacke am Morgen der Eröffnung der Bio-Messe. Das war in den Berichterstattungen klar zu sehen", verkündet der Dottore voller Stolz.

„Unglaublich. Das ist wie der finale Beweis!", zeigt sich der Commissario sichtlich bewegt von den technischen Möglichkeiten. „Questore, ich denke, wir sollten uns für unsere Zukunft hier etwas einfallen zu lassen."

In diesem Moment stürzt der Sergente hinein.

„Commissario, wir haben ...", beginnt er und wird doch sofort unterbrochen.

„Eine kleine Sekunde, Sergente. Unser Dottore hat endlich den finalen Beweis, dass sie es doch war", bringt der Commissario den Sergenten erst einmal auf den Stand der Dinge.

„Wie?", hinterfragt der Sergente die anscheinend neue Lage.

„Schmauchspuren an der Jacke von Edda!", erklärt Gino in knappen Worten.

„Commissario, und hier ist der allerletzte Baustein. An der Hauptstraße haben die Kollegen seit zwei Wochen eine neue Station kurz vor Asiago mit ultra-moderner Fototechnologie aufgebaut. Kinoqualität. Da hatten die Kollegen richtig viel Budget und haben die neueste Technologie eingesetzt. Edda hat wirklich die Autobahn vermieden. Doch sehen Sie. Hier. Sie ist klar und deutlich zu sehen. Selbst der Schmuck an der linken Hand ist gut zu erkennen. Sehen sie den Ehering und einen Ring mit einem blauen Edelstein. Unglaublich. Was die neuen Technologien so alles leisten können. Irgendwie verstehe ich unseren Bürgermeister auf einmal. Zumindest seine Vorliebe für die Technik. Zukunft hat doch etwas Gutes!", begeistert sich der Sergente und dies lässt seine tiefe Wut auf den Verlauf der Verhandlung langsam verschwinden.

„Questore, wir sollten den Richter zu uns bitten und ihm unsere neue Beweislage hier vorführen. Zusammen mit dem Staatsanwalt. Wir brauchen dringend einen erneuten Haftbefehl. Und blamieren sollten wir uns nie wieder!"

„Ich rufe die beiden Herren sofort an!", und damit übernimmt der Questore die volle Verantwortung für den zweiten Anlauf.

Nach kurzen und zum Teil ungläubigen Bemerkungen kommen der Richter und der Staatsanwalt in die Polizeistation.

„Meine Herren, ich hoffe für sie, dass dies nicht noch einmal so eine handwerkliche Nicht-Leistung wie heute Morgen sein wird. Das kann ja jeder Polizeianwärter besser, oder sollte es zumindest", zeigt der Richter wenig Verständnis für den morgendlichen Auftritt im Gerichtssaal.

„Herr Richter, wir denken, dass Sie dies überzeugen wird. Auch wenn wir glauben, dass die bisherigen Ergebnisse unserer Ermittlungen schon gegen Edda gesprochen haben. Also hören wir unseren Dottor Tommaso zu den Spuren auf der Jacke. Und bitte, Dottore, keine Ausführungen zu ihren knappen Mitteln, einverstanden?"

„Meine Herren, Herr Richter, ich habe die Jacke, die Edda am Sonntag auf der Bio-Messe trug, auf Spuren untersucht. Es sind eindeutig Schmauchspuren vom Schwarzpulver nachweisbar. Und gefunden habe ich in der Jacke einen Reinigungszettel, so dass diese Spuren nicht aus vergangenen Zeiten stammen können", zeigt sich der Dottore diesmal sachlich knapp.

„Meine Herren, ein sehr starkes Indiz. Zugegeben!", doch der Richter lässt durchblicken, dass es letztlich noch nicht final überzeugt. Es wären für ihn noch alternative Interpretationen möglich.

„Herr Richter, sehen Sie sich nun diese Filmaufnahmen an. Sie zeigen, wie eine weibliche Person am Sonntagfrüh mit dem Auto hierher zu uns fährt. Edda ist klar zu erkennen. Die Uhrzeit passt. Es ist auch ihre Kleidung. Der Schmuck stammt auch von ihr. Hier ist das Video der Rückfahrt. Damit hat sie zumindest gelogen und war nicht die ganze Nacht mit ihrem Mann auf der Messe, Herr Richter!", gibt der Sergente sein Bestes, um ihn umzustimmen.

„Zeigen Sie mir dies bitte noch einmal. Danke, Sergente."

Der Richter schaut sich den Film noch zweimal an.

„Sie haben mich überzeugt. Edda hat gelogen. Und alle, meine Herren, ich betone, alle Indizien sprechen nun gegen sie. Hätten sie dies nicht eher ermitteln können?"

„Hätten schon, Herr Richter. Doch manchmal braucht man auch Mittel, um zu ermitteln", bringt der Dottore seine unzureichende finanzielle Lage sofort wieder ins Gespräch.

„Sehen sie, wie wichtig es ist, in die Zukunft zu investieren!", betont der Richter und schaut dabei den Questore kritisch an. „Den Haftbefehl für Edda bekommen sie gleich. Bitte nehmen sie sie unverzüglich fest. Sie bekommen auch einen

Haftbefehl gegen Vittorio. Er hat vor Gericht gelogen und wird sich wegen Falschaussage verantworten müssen. Herr Staatsanwalt, bitte nehmen Sie nun die nächsten Schritte vor, damit wir Edda wegen Mordes und Vittorio wegen eidesstattlicher Falschaussage den Prozess eröffnen können."

Der Commissario, der Sergente und ein Team fahren zum Wohnhaus der beiden Angeklagten.

„Guten Abend, Vittorio. Ist ihre Frau zu Hause?", beginnt der Commissario ganz offiziell.

„Ja, ich rufe sie gleich."

„Guten Abend, meine Herren. Ich nehme an, sie wollen sich für den persönlichen Schaden entschuldigen, den sie angerichtet haben. Da wird der neue Bürgermeister nach seiner Wahl sicherlich auch noch tätig werden", zeigt sie sich sichtlich sehr überlegen.

„Edda. Nein! Im Gegenteil! Vielleicht war unsere bisherige Arbeit nicht perfekt im Timing. Doch wir haben nun die endgültigen Beweise ihrer Tat."

„Nein, nicht schon wieder. Wollen Sie dies noch einmal durchleben?", zeigt sie sich jetzt sehr rebellisch.

„Edda, der Richter hat einen neuen Haftbefehl nach Lage der Dinge ausgesprochen. Wir nehmen Sie fest wegen Mordes an Jacques. Ihre Rechte, Edda, werde ich ihnen gleich vorlesen. Der Richter hat auch einen Haftbefehl gegen Sie, Vittorio, ausgestellt. Und zwar wegen eidesstattlicher Falschaussage. Sie haben bestätigt, dass ihre Frau die ganze Nacht bei ihnen auf der Messe war. Da haben wir nun andere Erkenntnisse. Auch ihre Rechte, Vittorio, werde ich ihnen gleich vorlesen. Es ist vorbei!", erklärt der Commissario den beiden die eindeutige Lage.

„Edda, was sollen wir tun?"

„Kämpfen! Kämpfen, geliebter Vittorio! Doch dies konntest du noch nie!", zeigt sie sich bis zum Schluss nicht geneigt, die Tat zuzugeben.

Die beiden werden nun in Polizeigewahrsam genommen. Der Commissario deutet an, dass für ihn nun erst einmal ein wohlverdienter Feierabend im Kreis der Familie kommt, um die innerliche Anspannung der letzten Tage und Stunden abzubauen.

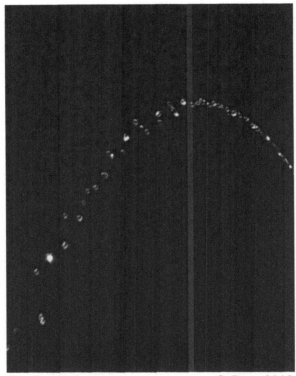

Die Beweiskette © *Darr 2018*

(20) Zum Abschluss des ersten Mordes

Der Commissario, Capitano Alberto, der Sergente Oreste, der Dottore, der Questore und die
Frau des Commissarios haben sich entschieden,
am Folgetag den mehr als abwechslungsreichen
Verlauf der Ermittlungen im *Bianca* mit einem
gemeinsamen Essen zu feiern. Alle Einzelheiten
der Aufklärung und insbesondere die letzten
Stunden vor Gericht mit dem Richter und dem
Staatsanwalt werden nochmals von jedem erzählt. Jeder ist sich dabei sicher, sein Bestes
gegeben zu haben.

„Liebe Anna, meine Herren, den Mord auf der
Piazza Carli konnten wir aufklären!", beginnt der
Questore. „Die Wurzeln reichen weit zurück. Das
uneheliche Kind von Vittorio, die heimlichen
jährlichen Zahlungen, der frühe Tod von Marta,
der habgierige Wunsch von Jacques und der kalte
Plan von Edda, dem nicht nachzugeben, bilden
das Skelett dieser Tat. Ich bin stolz auf unsere
Polizeiarbeit. Am Ende haben wir es geschafft!",
resümiert der Questore freudig.

„Am Ende, ja. Doch ohne Technik geht heute
nichts mehr. Die DNA-Spuren im Vergleich, die
Mautdaten und die Fototechnik haben hier den
Ausschlag gegeben", weist der Commissario den
Weg in die digitale Zukunft der Polizeiarbeit.

„Und eine gute Nase habt ihr auch gebraucht", ergänzt Alberto. „Mit den neu ausgebildeten Spürhunden der Polizei konntet ihr am Ende auch noch das perfekte Versteck der Waffenkammer von Edda finden. Ein unterirdisches Lager. Als ob sie sich für den Ernstfall vorbereiten wollte. Unglaublich was sie so alles an Waffen und Munition angesammelt hat. Fast für eine ganze Armee! Wichtig ist, dass die Tatwaffe dabei war. Das ist dann der allerletzte Stein der Beweiskette gewesen."

„Glück haben wir auch gehabt. Edda hat den Reinigungszettel nicht weggeworfen und Vittorio hat eine Falschaussage gemacht. Nicht auszudenken, wenn der nichts gesagt hätte", gibt der Sergente zum Besten. „Wir würden in den Indizien steckenbleiben und unser Richter würde sagen ‚Zu wenig, meine Herren'. So sieht es leider auch aus. Zum Glück hat er am Ende ein vollständiges Geständnis abgelegt."

„Meine Herren, auch wenn wir alle den Bürgermeister nicht in unser Herz geschlossen haben", beginnt Anna, „so ist sein Blick doch stets in die Zukunft gerichtet. Hier sollten wir alle ansetzen. Mehr technische Möglichkeiten klären besser auf und schrecken ab, nicht wahr?"

„Ja, Anna, den ersten Tod haben wir aufgeklärt, auch dank der digitalen Technologien. Es war aber nicht nur die neu eingesetzte Technik, sondern es war auch unser gelerntes traditionelles Handwerk!", macht Alberto deutlich.

„Anna, meine Herren, ich störe ungern. Hier sind die Speisekarten!", unterbricht Alan und gibt jedem eine Karte.

Alle schauen sich die heutige Auswahl an. Keiner kann sich so richtig entscheiden. Alle angebotenen Speisen klingen verlockend.

„Meine Herren, wenn wir ein gemeinsames Primo und ein gemeinsames Secondo nehmen, dann feiern wir mit einem gemeinsamen Mahl den gemeinsamen Erfolg, oder?", baut Anna eine Brücke, die allen Beteiligten sehr gut gefällt.

„Dann entscheidest du, Anna!", übernimmt Alberto die Meinung der Gruppe.

„Also gut, als Primo nehmen wir, hmm, *Fettuccine al ragù di lepre* und als Secondo, als Secondo nehmen wir, genau, *Tagliata di cervo con salsa al mirtillo*. Dazu bekommen wir *Verdure cotte miste*. Dazu euren exzellenten Roten aus dem Trentino, Alan. Ich hoffe, meine Herren, sie sind alle einverstanden, oder?", zeigt Anna ihr treffsicheres Gespür für den besonderen kulinarischen Geschmack der Gruppe.

Alle genießen den gemeinsamen Abend. Eine spürbare Last fällt von ihren Schultern. Kaum einer denkt nun daran, wie Edda, Vittorio oder gar der Bürgermeister diesen Abend verbringen.

(21) Der zweite Tod

Am folgenden Sonntag ist die Wahl des neuen Bürgermeisters. Der Amtsinhaber mit seinem Slogan zur Zukunft gibt sich weiterhin siegessicher. Die Wahlbeteiligung ist sehr hoch. Die Spannungen in der Bevölkerung sind auch durch den Mordfall nochmals stärker zu Tage getreten. Gegen zehn Uhr abends werden die ersten Ergebnisse erwartet. Der Commissario, Capitano Alberto und ihre Ehefrauen sitzen in einer alteingesessenen Bar an der Piazza Carli und genießen den schönen lauen sommerlichen Abend. Die Stimmung ist mehr als entspannt. Auch weil der bisherige Bürgermeister, selbst im Fall seiner Wiederwahl, keinen Druck mehr gegen den Commissario oder den Questore aufbauen kann.

„Gino, schau, es kommen die ersten Ergebnisse!", unterbricht Anna das Gespräch.

„Meine Damen und Herren, die erste stabile Hochrechnung liegt jetzt vor. Die amtierende Partei unseres Bürgermeisters kommt demnach auf fünfunddreißig Prozent und verliert damit zum vorherigen Ergebnis mehr als zwanzig Prozentpunkte. Sein Herausforderer, die Partei der Nachhaltigkeit, gewinnt über dreißig Punkte hinzu und kommt demnach auf sechzig Prozent der Stimmen. Die anderen Parteien teilen sich den Rest. In ungefähr zwei Stunden haben wir dann das inoffizielle amtliche Endergebnis", erklärt der Sprecher des Bürgermeisteramtes sachlich.

„Wow, das ist der Hammer! Der alte Bürgermeister ist weg! Und damit auch das alte System!", gibt sich Alberto mehr als überrascht.

„Ja, dies ist wie der zweite Tod auf der Piazza. Nur, dass du hier nichts aufklären musst, lieber Gino", erklärt Anna.

„Im Gegenteil, dieser Tod war überfällig. Doch auch hier braucht alles seine Zeit. Das alte System der Großbauern ist tot, oder besser, es stirbt nun sehr schnell. Ich denke, es braucht allerdings noch eine kleine Weile bis der Wechsel vollzogen ist", prognostiziert Gino.

„Es muss sich auch beweisen, Gino. Nur etwas weg haben zu wollen, das ist das eine. Es braucht auch den Erfolg des neuen Systems, nicht wahr? Ansonsten ist auch dieses ganz schnell wieder weg", macht Alberto den Anspruch an das Neue unmissverständlich klar.

„Egal, Alberto. Auf den zweiten Tod freue mich sogar. Er bedeutet eine Chance auf eine neue Zukunft für uns!", und damit gibt sich Gino genauso siegessicher wie einst der Bürgermeister.

(22) Der Commissario und die Zukunft

„Meine Lieben, die Zukunft klingt immer so schön und wohlig. Ich denke da natürlich zuerst an die Natur. Doch die Zukunft ist auch immer ein Abschied von der Vergangenheit. Ja, vom Vertrauten und insbesondere vom Verhassten. Letzteres sollte verschwinden, na klar. Doch wo geht die Reise hin und wer treibt dies voran?", sinniert Gino über das unbekannte Morgen.

„Die letzte abgeschlossene Reise in die Zukunft hat dir sichtlich gar nicht gefallen, oder?", kommentiert Alberto.

„Wie auch?", gibt Gino kurz zurück.

„Doch bedenke, Gino. Es gab eine Gruppe, die hat den fürchterlichen damaligen Zustand nicht nur beklagt, sondern auch etwas unternommen, um ihn zu beenden. Es gab auch immer regelmäßig Wahlen des Bürgermeisters. Da hat keiner aus dem Ort protestiert oder einen Aufstand geprobt. Auch, es gab kaum kritische Diskussionen", rückt Alberto die bisherige Entwicklung der Stadt in ein anderes Licht.

„Ja, mag sein. Verantwortung beginnt für dich, Alberto, dann anscheinend schon früher. Nicht erst, wenn es zu spät ist. Das ist mit Sicherheit überzeugender und nachhaltiger."

„Schaut, die alte Zukunft ist nun Vergangenheit. Es brauchte einen ersten Toten auf unserer Piazza für den zweiten Tod. Das ist quasi eine disruptive Veränderung. Es entsteht durch eine einzige zusammenhangslose Tat in kurzer Zeit etwas völlig Neues und Unerwartetes", erklärt Alberto leicht dozierend. „Ja, meine Lieben. Es brauchte nur einen kleinen Tropfen als letzten Anstoß von außen und dann läuft das fast volle Fass über. Und fast gefüllte Fässer in dieser Welt gibt es genug. Das sind alle unsere gesellschaftlichen Spannungen. Da mittlerweile alles und jeder miteinander vernetzt sind, gibt es fast kein perfektes Glück mehr!", macht Alberto allen in der Runde klar.

„Du willst doch wohl nicht damit sagen, dass durch eine Vernetzung untereinander immer alle quasi frustriert sind, oder?", klingt sich Anna in die schon philosophische Diskussion ein.

„Nicht alle, Anna. Doch immer die Vernetzten. Manchmal sind dies dann auch viele. Und diesmal kam der kleine Anstoß unbeabsichtigt von den Siegern der alten Zukunft."

„Und wohin geht deiner Meinung nach die nächste Reise, Alberto?", will Anna nun wissen.

„Tja, alle reden von Digitalisierung. Es scheint die Nachfolgerin der Globalisierung zu sein, auch wenn wir hier noch am Anfang stehen. Doch ich sage euch auch diesmal, dass die Welt in ihrem Gefüge auch zukünftig stets ökologisch und nie nur additiv ist."

„Wie? Ökologisch? Alles Natur?", hinterfragt Anna.

„Nein, Anna. Additiv meint, dass du die alte und bekannte Welt hast und dann kommen ein Computer und die Daten dazu und alle nutzen dann die neuen Technologien und tun so, als ob sie in ihrer vertrauten Vergangenheit stehen geblieben wären. Nein, sondern das Ganze und das Zusammenspiel untereinander verändert sich total! Alles wird dadurch neu. Das meine ich mit ökologisch. Vielleicht brauchen wir mit der Digitalisierung demnächst gar keine Polizei mehr, weil über die Geodaten und die Sprachaufzeichnungen von allen Bürgern und der Nutzung von künstlicher Intelligenz der Mörder natürlich dann sofort ermittelt werden wird. Oder bei erhöhter Geschwindigkeit eines Autos drosselt sich deren Motor automatisch, die Strafe wird sofort dem Konto des Fahrers belastet und Polizeikontrollen werden überflüssig."

„Mach mir keine Angst, Alberto. Wer sagt mir dann, was für uns richtig ist?", wird Anna auch die dunkle Seite der Zukunft sofort klar.

„In der Zukunft? Deine App. Wer sonst?"

„Du sprichst von deiner App wie von einer Person und nicht von einer Sache. Und überhaupt, wo kommt die denn her?", wird Anna doch urplötzlich sehr neugierig.

„Wenn es gut geht, dann kommt sie von uns allen. Sozusagen durch eine breite demokratische Legitimation", versucht Alberto sein Ideal zu beschreiben.

„So demokratisch wie in der alten Welt? Wenn es morgen genauso liefe wie gestern, dann wäre es für mich eine Zukunft ohne Zukunft!", merkt Anna sehr kritisch an. „Für eine Zukunft mit Zukunft braucht es dann also mehr als nur die großen Daten, oder?", fragt sie interessiert nach.

„Stimmt genau, Anna. Daten und Computer sind und bleiben nur Mittel zum Zweck. Und der Zweck, sprich der Nutzen für alle, sollte stets im

Mittelpunkt aller Diskussionen stehen. Der wahre Nutzen der digitalen Zukunft für mich ist eine ökonomische und soziale Weiterentwicklung auf der Grundlage gemeinsamer gesellschaftlicher Werte. Dabei ist das Wort ‚Digitalisierung' leider irreführend, da es nur die technischen Voraussetzungen beschreibt und nicht den gemeinsamen Nutzen. Insofern ist es nicht überraschend, dass die vielen heutigen Nutzer heute jeweils nur ihre persönlichen Vorteile sehen und dann den gesellschaftlichen Wert als Ganzes und den dafür absolut notwendigen neuen Rechtsrahmen ausblenden", zeichnet Alberto die ganz große Linie dieser Diskussion zur Zukunft.

„Seht ihr, warum die Technik nur das Medium ist und nicht das Ziel. Denn für die angedachte Weiterentwicklung braucht es zuerst uns und nicht die Daten und Computer! Eigentlich wie immer. Und natürlich geht alles nur mit einer sehr lebendigen und engagierten Gesellschaft und der Wahrung der Natur. Und dazu kühles Blut und ein warmes Herz voller Leidenschaft. Dann können wir alle stets um die richtige Zukunft streiten und es braucht sich dann auch keiner mehr um unsere Zukunft zu sorgen!", glaubt Gino im innersten seines Herzens und hofft nun auf die wirklich besseren Zeiten.

* * * *

Die Zukunft   *© Darr 2018*

Der Commissario und die Zukunft

Verzeichnis der Bilder

Alle neun Fotos sind eigenhändig vom Autor „geschossen" und dann von ihm farblich neu arrangiert worden.

VERZEICHNIS DER BILDER

Bisher erschienene Bücher von Prof. Dr. Willi Darr

Grundfragen des Einkaufsmanagements
Paperback   ISBN 978-3-7345-8716-0
e-Book   ISBN 978-3-7345-8718-4
104 Seiten mit 9 Tabellen und 2 Abbildungen

Spezialfragen des Einkaufsmanagements
Paperback   ISBN 978-3-7439-0212-1
e-Book   ISBN 978-3-7439-0214-5
148 Seiten mit 14 Tabellen und 5 Abbildungen

Betriebswirtschaftliche Konzepte im Lichte der Rationalität
Homo oeconomicus - Optimierung - Effizienz - Supply Chain Management - Lokale Cluster - Unternehmensstrategien - Selbstorganisation
Paperback   ISBN 978-3-7345-9278-2
e-Book   ISBN 978-3-7345-9280-5
116 Seiten mit 11 Tabellen und 5 Abbildungen

Digitale Transformation zum Einkauf 4.0
Nutzenbasierte Konzeptionen zum Smart Procurement
Paperback   ISBN 978-3-7439-6893-6
e-Book   ISBN 978-3-7439-6895-0
128 Seiten mit 9 Abbildungen

Für jedes Buch ist auch ein Hardcover verfügbar.